TODOS OS HOMENS SÃO MENTIROSOS

ALBERTO MANGUEL

Todos os homens são mentirosos

Tradução
Josely Vianna Baptista

COMPANHIA DAS LETRAS

Publicado originalmente em outubro de 2008 pela RBA Libros, Barcelona

Grafia atualizada segundo o Acordo Ortográfico da Língua Portuguesa de 1990, que entrou em vigor no Brasil em 2009.

Título original
Todos los hombres son mentirosos

Capa
Nathan Hamilton

Preparação
Maria Cecília Caropreso

Revisão
Daniela Medeiros
Isabel Jorge Cury

Dados Internacionais de Catalogação na Publicação (CIP)
(Câmara Brasileira do Livro, SP, Brasil)

Manguel, Alberto
Todos os homens são mentirosos / Alberto Manguel ; tradução Josely Vianna Baptista. — São Paulo : Companhia das Letras, 2010.

Título original: Todos los hombres son mentirosos.
ISBN 978-85-359-1745-1

1. Ficção canadense (Espanhol) I. Título.

10-09139 CDD-863

Índice para catálogo sistemático:
1. Ficção : Literatura canadense em espanhol : 863

[2010]

EDITORA SCHWARCZ LTDA.
Rua Bandeira Paulista 702 cj. 32
04532-002 — São Paulo — SP
Telefone (11) 3707-3500
Fax (11) 3707-3501
www.companhiadasletras.com.br

A Craig Stephenson, que nunca mentiu.

E disse em minha pressa: Todos os homens são mentirosos.
Salmo CXVI: II

Sumário

1. Apologia

Que verdade é essa que as montanhas limitam e que é mentira no mundo que além delas se estende?

Michel de Montaigne, Apologia de Raymond Sebond

Mas vir falar comigo, logo comigo, de Alejandro Bevilacqua? Meu caro Terradillos, o que posso lhe dizer desse personagem que cruzou minha vida trinta anos atrás? Pois eu mal o conheci ou, se o conheci, conheci-o de maneira superficial. Aliás, para ser franco, eu não quis conhecê-lo de verdade. Quer dizer, eu o conheci bem, confesso, mas de uma forma distraída, a contragosto. Nossa relação (por assim dizer) tinha alguma coisa de cortesia oficial, dessa nostalgia compartilhada e convencional dos expatriados. Não sei se você me entende. O destino nos uniu, como se diz, e se você me obrigar a jurar, com a mão no peito, que éramos amigos, serei forçado a confessar que não tínhamos nada em comum, a não ser as palavras *República Argentina* gravadas em letras douradas no passaporte.

É a morte desse homem que o atrai, Terradillos? É a visão, essa que continua alimentando meus pesadelos, embora eu não a tenha visto com meus próprios olhos, de Bevilacqua caído na calçada, o crânio destroçado, o sangue escorrendo rua abaixo até o bueiro, como se quisesse fugir do corpo inerte, como se não quisesse fazer parte desse crime abominável, desse final tão injusto, tão inesperado? É isso que você está procurando?

Permita-me duvidar disso. Não um jornalista apaixonado pela vida, como você. Não alguém que é pau para toda obra, como eu o definiria. Você, Terradillos, não é um autor de necrológios. Ao contrário. Você, questionador do mundo, quer conhecer os fatos vitais. Quer narrá-los para seus leitores, para esses poucos que se interessam por um artífice como Bevilacqua, cujas raízes um dia revolveram a região de Poitou-Charentes. Que é a sua, também, Terradillos, não vamos nos esquecer disso. Você quer que esses leitores conheçam a verdade, conceito perigoso, se é que um dia existiu. Você quer redimir Bevilacqua em seu túmulo. Você quer dar a Bevilacqua uma nova biografia urdida com pormenores baseados em lembranças reconstruídas com palavras. E tudo isso pela mísera razão de que a mãe de Bevilacqua nasceu no mesmo canto do mundo que você. Que empresa vã, meu amigo! Quer um conselho? Dedique-se a outros personagens, a heróis mais coloridos, a celebridades mais chamativas das quais Poitou-Charentes pode se orgulhar de verdade, como aquele mariquinhas heterossexual, o oficial da marinha Pierre Loti, ou aquele mimado das universidades ianques, o careca Michel Foucault. Esse é o meu conselho. Você, Terradillos, sabe redigir crônicas sábias; escute o que lhe digo, que dessas coisas eu entendo. Não perca seu tempo com nebulosidades, com as lembranças confusas de um velho rabugento.

E pergunto de novo: por que eu?

Vejamos. Meu local de nascimento foi uma das tantas escalas do prolongado êxodo de uma família judia, das estepes asiáticas para as estepes sul-americanas; já os Bevilacqua chegaram diretinho de Bérgamo, no final do século XVIII, ao local que depois se chamaria Província de Santa Fe. Na colônia distante, esses antepassados italianos e aventureiros instalaram um matadouro; para comemorar a façanha sangrenta, em 1923 o prefeito de Venado Tuerto deu o nome de Bevilacqua a uma das ruazinhas menos burguesas da zona sul. Bevilacqua *père* conheceu aquela que se tornaria sua mulher, Marieta Guittón, numa churrascada patriótica; casaram-se poucos meses depois. Quando Alejandro fez um ano, seus pais faleceram no acidente ferroviário de 1939, e a avó paterna resolveu levar a criança para a capital da República. Lá, no bairro de Belgrano, abriu uma *delicatessen*. Bevilacqua (que, como você deve saber, tinha a irritante virtude de ser meticulosamente detalhista) me explicou que nem sempre a família trabalhara com embutidos e frios, e que séculos atrás, lá na Itália, um Bevilacqua fora cirurgião na corte de algum cardeal ou bispo. Orgulhosa daquelas raízes vagas e distintas, a sra. Bevilacqua (que preferiu, sempre, ignorar os ramos huguenotes da família Guittón) era o que chamávamos, em minha juventude, de uma papa-hóstias, e acho que, até o infarto que a deixou inválida, não faltou à missa nem um único dia de sua septuagenária vida.

Você, amigo Terradillos, acha que eu posso pintar um retrato sensível, ardente e fidedigno de Bevilacqua, que você verterá na página com essas qualidades, dando-lhe, de quebra, algumas pinceladas de cor poitevina. Mas é justamente isso que não posso fazer. Certo, Bevilacqua se abria comigo, revelava-me os detalhes mais pessoais de sua vida, enchia minha cabeça com pormenores íntimos, mas, verdade seja dita, eu nunca entendi por que Bevilacqua me contava todas essas coisas. Garanto que eu não fazia nada para incentivá-lo. Ao contrário. Mas talvez por imaginar em mim, seu concidadão, uma solicitude inexistente, ou por ter decidido chamar de sobriedade sentimental minha óbvia falta de afeto, o fato é que ele me aparecia em casa a todo instante do dia e da noite, e não parecia perceber que o trabalho me pressionava, e que eu precisava ganhar a vida, e começava a falar do passado como se o fluxo de palavras, de *suas* palavras, recriasse toda uma realidade que ele sabia ou sentia, apesar de tudo, estar irremediavelmente perdida. Em vão eu tentava convencê-lo de que eu não era um exilado; de que com dez anos a menos do que ele eu partira da Argentina quase adolescente e a fim de viajar; de que, depois de lançar raízes tímidas em Poitiers, eu me instalara por um tempinho em Madri para escrever tranquilo, apesar do inevitável ressentimento dos argentinos contra a capital da Mãe Pátria, sem, portanto, resignar-me ao clichê de morar em San Sebastián ou Barcelona.

Não leve a mal meus comentários: Bevilacqua não era um desses mal-educados que sentam no sofá e depois você não consegue desgrudá-los dali nem com benzina. Ao contrário. Era uma dessas pessoas que parecem incapazes da menor grosseria, e era essa mesma qualidade que tornava tão difícil pedir a ele que fosse embora. Bevilacqua tinha uma espécie de graça natural, uma elegância simples, uma presença anônima. Magro e alto como era, movia-se lentamente, como uma girafa. Sua voz era ao mesmo tempo rouca e tranquilizadora. Seus olhos túrgidos, latinos, eu diria, davam-lhe um ar sonolento e se fixavam na gente de tal maneira que era impossível olhar para outro lugar quando ele falava. E quando estendia seus dedos finos, amarelos de nicotina, para segurar a manga de seu interlocutor, era preciso deixar-se segurar, sabendo ser inútil qualquer resistência. Só na hora da despedida eu percebia que ele me fizera perder a tarde inteira.

Talvez uma das razões de Bevilacqua sentir-se tão à vontade

na Espanha, principalmente naqueles anos ainda cinzentos, era que sua imaginação parecia estar sempre ligada não à realidade concreta, mas à aparente. Na Espanha, não sei se concorda comigo, tudo quer se render à evidência: em cada edifício se põe um letreiro, em cada monumento sua placa. Claro que os conhecedores autênticos sabem que uma cidade-aldeia como Madri é outra coisa, oculta, velada; que as placas são falsas e o que os turistas veem é apenas *mise-en-scène*. Mas por algum motivo estranho as sombras que seus olhos lhe revelavam tinham para ele uma virtude maior que a de sua memória ou a de seus sonhos, e embora ele tivesse sofrido, década após década, as falsificações da política e os embustes da imprensa em nossa terra natal, acreditava com uma fé surpreendente nas falsificações da imprensa e nos embustes da política de sua terra de adoção, argumentando que aquelas eram mentiras, e estes fatos verdadeiros.

Veja se me entende: Bevilacqua diferenciava o falso verdadeiro do verdadeiro falso, e o primeiro lhe parecia mais real. Você sabia que ele adorava documentários, quanto mais áridos melhor? Antes de saber que estava publicando um romance, eu jamais teria imaginado que ele tivesse talento para escrever ficção, pois era a única pessoa que eu conhecia capaz de passar uma noite vendo um desses filmes que contam a vida num frigorífico das Astúrias ou num sanatório de Algámitas.

Agora, não pense que eu não tinha apreço por ele. Bevilacqua era — usemos *le mot juste* — um sujeito sincero. Se dava sua palavra, a gente se sentia obrigado a acreditar nele, e não passava pela cabeça de ninguém que seu gesto pudesse ser vazio ou convencional. Tinha o porte de certos homens que eu via em Buenos Aires quando menino, trajados com um terno transpassado, magros como um palito, o cabelo preto com brilhantina sob o chapéu do *shabat*, que às sextas-feiras de manhã cumprimentavam minha mãe a caminho do mercado; homens (segundo minha mãe, que conhecia o assunto) de línguas tão limpas que a gente podia saber se uma moeda era ou não de prata colocando-a em sua boca: se era falsa, ficava preta ao mero contato com a saliva. Acho que minha mãe, sempre tão severa em seus julgamentos, teria dado uma olhada em Bevilacqua e o declararia um *Mensch*. Pois ele tinha um quê de cavalheiro de província, o Alejandro Bevilacqua, uma certa calma e uma falta de curiosidade que fazia com que moderássemos as piadas em sua presença e tentássemos contar causos com a maior exatidão. Não que faltasse imaginação ao homem, mas ele não tinha talento para a fantasia. Como o apóstolo são Tomé, insistia em tocar uma aparição antes de acreditar nela.

Por isso fiquei tão surpreso quando ele apareceu em minha casa uma noite e me contou que tinha visto um fantasma.

Pois bem. As inumeráveis manhãs, tardes e noites que passei ouvindo Bevilacqua entoar passagens áridas de sua vida, vendo-o fumar, um atrás do outro, os cigarros encaixados entre dois longos dedos cor de âmbar, vendo-o cruzar e descruzar as pernas para de repente pôr-se de pé e dar grandes passadas pelo meu quarto, transformam-se em minha lembrança num dia único, monstruoso, habitado exclusivamente por esse homem esquálido e cinzento. Minha memória, cada vez mais dada a lapsos, é ao mesmo tempo precisa e imprecisa. Quer dizer, ela não consiste num tecido de lembranças nítidas, mas num acúmulo de muitas lembranças minuciosamente confusas, contaminadas, digamos, de literatura. Acho que estou me lembrando de Bevilacqua, e me vêm à mente retratos de Camus, de Boris Vian...

Agora tenho em comum com aquele Bevilacqua, se não o corpo esquálido, decerto o tom grisalho. E eu também, inconcebivelmente, envelheci, fiquei barrigudo; já ele continua tendo a idade de quando o conheci, aquela que hoje ainda chamamos de idade jovem e que na época se chamava de madura. Pois bem, eu continuei a leitura daquela narrativa que iniciamos juntos, ou que Bevilacqua iniciou numa Argentina que já não é nossa. Conheço os capítulos que sucederam sua morte (ia dizer "desaparecimento", mas essa palavra, meu caro Terradillos, está proibida para nós). Ele não, claro. Quero dizer que sua história, essa que ele teceu e desteceu tantas vezes, agora é minha. Eu decidirei seu destino, eu darei sentido a seu itinerário. Essa é a missão do sobrevivente: contar, recriar, inventar, por que não?, a história alheia. Pegue um punhado qualquer de fatos da vida de um homem, distribua-os como quiser, e você terá ali um certo personagem, de uma verossimilhança incontestável. Distribua-os de maneira um tantinho diferente e, caramba!, o personagem mudou, é outro, mas igualmente verdadeiro. Tudo o que posso dizer é que vou lhe contar a vida de Alejandro Bevilacqua com o mesmo cuidado com que eu gostaria que meu narrador, chegada a hora, relatasse a minha.

Pois não se trata, aqui, de fazer um autorretrato. Não é Alberto Manguel quem lhe interessa. Mas uma breve incursão por esse afluente será necessária, para depois poder navegar com mais sucesso no rio principal. Prometo que não vou me demorar em minhas margens nem farei um arrastão em meu fundo. Mas preciso lhe explicar certos fatos compartilhados e para isso algum aparte será inevitável.

Acho que uma vez que você me entrevistou, Terradillos, eu lhe contei como foi que vim morar em Madri em meados dos anos 1970, instalando-me em dois cômodos minúsculos no alto da Calle del Prado, usufruindo de uma bolsa americana e dessa saúde que só se tem antes dos trinta. Lá, acredite se quiser, passei quase um ano e meio, e então fugi, depois do ocorrido, para refugiar-me aqui, em Poitiers. Na época você me perguntou por que Poitiers. Respondo agora: para não ficar em Madri, cidade para mim contaminada pela sombra de Alejandro Bevilacqua.

Nas poucas vezes que voltei, nesses anos em que tudo mudou e a cidade tem música e luz, mesmo quando estou sentado num café da Castellana ou da Ópera senti a presença dele a meu lado, os dedos sobre meu braço, o cheiro do tabaco em minhas narinas, a cadência da voz dele em meus ouvidos. Não sei se Madri é particularmente suscetível a tais feitiços. Você e eu sabemos que em Poitiers isso não acontece.

Coisa estranha: às vezes não consigo garantir com certeza se determinada lembrança é dele ou minha. Vou dar um exemplo. Bevilacqua falava com carinho de sua casa em Belgrano, onde morou com a avó paterna. Eu também morei nesse bairro de casas austeras e ruas bordejadas de jacarandás, mas uns sete, oito anos depois de Bevilacqua ter se mudado para o centro. Agora não sei se a casa que vislumbro é a minha ou a que Bevilacqua me descreveu, com suas portas de vidro arlequinado, suas escadas íngremes, a cortina de veludo que separava a sala da copa, o lustre refletido na mesa de mogno, a biblioteca com os volumes azuis d'*O tesouro da juventude*, a orquestra de micos de Meissen com perucas empoadas que ensaiava um concerto mudo. Não sei se essa não é uma casa inventada com lembranças em parte dele, em parte minhas, e nunca saberei, agora que o bairro foi devastado para se cultivar arranha-céus. Bevilacqua, que exigia precisão até mesmo de suas alucinações, teria ligado para isso. Eu não.

Bevilacqua achava que seus escrúpulos eram herança de sua avó, mulher severa e exigente, de um estilo que aqui na Europa consideraríamos menos católico que luterano. Durante toda a infância de Alejandro, a avó lhe recordava que o olho de Deus sempre nos vigia, noite e dia, com a ferocidade do sol, e que cada gesto, cada pensamento são registrados em seu Grande Livro de Contas, como o que se abria sobre a escrivaninha de sua loja. Fiel a essa convicção, a sra. Bevilacqua administrava seu negócio com um rigor e uma higiene exemplares, e nunca se deixou seduzir pela nova cadeia de supermercados que substituíram lojas como a dela com prateleiras plastificadas e luzes de néon. Já bem avançada a década de 1960, La Bergamota ainda era o orgulho do bairro de Belgrano.

Tratava o neto com o mesmo rigor. Privações, proibições e a vara de bater tapetes se alternavam com recompensas e agrados. Certa vez, não sei por que bobagem adolescente dele, ela o manteve trancado em seu quarto durante três longos dias, sem comer nem beber nada além de pão e água. Bevilacqua me garantiu que não estava repetindo um lugar-comum: uma fatia de pão três vezes ao dia e uma jarra de água da torneira. A sra. Bevilacqua tinha algo de medieval, algo de patroa azeda e inflexível, algo de capataz ou de regente.

No entanto, apesar do desejo manifesto da sra. Bevilacqua de que seu neto seguisse a tradição familiar, ele nunca sentiu que seu destino fossem as salsichas e os queijos. Depois da escola, antes de entrar na loja recendente a salmoura onde ajudava a avó a pescar colheradas de azeitonas nos tonéis de carvalho ou a girar a manivela para cortar fatias de presunto cozido, Bevilacqua parava (imagino) na frente da livraria, cuja vitrine exibia os volumes amarelos da coleção *Robin Hood*, e começava a sonhar com países distantes e encontros extraordinários. Ele era um Sandokan, um Phileas Fogg, e seus reinos distantes eram as ilhas do Tigre, sua princesa hindu, a filha do farmacêutico. Mais tarde, já adulto, entendeu que não era atraído pelas viagens nem pelas aventuras, mas simplesmente pelo que parecia inalcançável.

Quando o vi pela primeira vez? Em Madri, em fevereiro ou março de 1976, no escritório de Quita, nossa celestina, nossa nêmesis.

Blanca, Blanquita, Blanquita Grenfeld. Larralde de Grenfeld. Sempre elegante, sempre vistosa, sempre por dentro da última *nouvelle vague*. Não sabe de quem estou falando? Ai, Terradillos! Como são curiosas as manobras da fama! Na Argentina, antes da ditadura, Blanquita Grenfeld era quem decidia tudo no mundo da cultura. Filha caçula dos fazendeiros Larralde, que perderam tudo num esforço para criar não sei se iaques ou camelos nos pampas, morena quase mulata, casada adolescente com não me lembro que industrial alemão que teve a delicadeza de morrer pouco tempo depois, feliz em sua viuvez que a libertou ao mesmo tempo de um pai aproveitador e de um marido idiota, Blanca Larralde de Grenfeld usou o nome do papai incestuoso e a fortuna do finado industrial para fundar sua própria república das artes e das letras. Em Buenos Aires, não se pendurava um quadro, não se publicava um livro, não se projetava um filme nem se apresentava uma peça sem que Quita (todos a chamavam assim, do mais burocrático dos oficiais ao mais anárquico dos artistas) dissesse "presente". Quita estava em todas. Quita foi também uma das primeiras a partir. "Vamos fazer cultura na Mãe Pátria", disse Quita, quando os militares começaram a fechar locais e a invadir teatros e galerias.

Poucas semanas depois de se instalar em Madri, Quita fundou a Casa Martín Fierro num quarto andar em La Prospe, entre pequenos chalés e moradias operárias. Ali recebia, como uma refinada *mater familias*, os fugitivos, redimidos, despossuídos, estropiados, perdidos e salvos que as várias ditaduras da América Latina não haviam logrado (permita-me o transitivo) desaparecer totalmente. Refinada em seu *tailleur* e suas pérolas, o casaco de pele de leopardo posto sobre os ombros como uma capa, um véu aristocrático sobre o lábio superior e um olhar sempre atento por trás dos grandes óculos de tartaruga, Quita tinha a palavra adequada para cada um, sem esse ranço de desprezo que a filantropia costuma ter. Atrás da escrivaninha da recepção, uma reluzente prateleira ostentava um exemplar encadernado em pele de vaca da obra do imortal Hernández, vários livros de autores proscritos pelos militares e um par de mates com os quais Andrea, a sempre fiel ajudante, aprendera a receber os recém-chegados. Desde então, nenhum refugiado chegava à Espanha sem passar por Quita para apresentar suas credenciais.

Um dia, o telefone tocou de manhã cedo, quando eu estava pensando em recuperar uma dessas longas dívidas de sono que são privilégio da juventude. Era Quita.

"Venha já."

Com os olhos fechados, perguntei aonde.

"Ao Martín Fierro, claro."

Eu disse que não estava entendendo. Quita suspirou com impaciência. Havia um novo grupo de argentinos que precisavam de nossa ajuda. O plural, não sei bem o porquê, me incluía. E, confesso, isso me enchia de orgulho. Quita estava me consultando. *Ergo*, eu existia.

Ela me explicou que um dos refugiados, ao que parece, era um escritor.

"De romances", acrescentou Quita. "O sobrenome é Bevilacqua. Muito bem-apessoado. Você o conhece?"

Eu disse que não. A verdade é que, desde que saíra de Buenos Aires, eu não estava muito por dentro da literatura argentina. Com a arrogância da juventude, observei que se esse Bevilacqua publicara algo nos últimos dois ou três anos, seus livros certamente seriam ou propaganda oficial ou um mingau pseudorromântico.

"Estamos à espera de um renascimento", acrescentei, mas Quita já desligara o telefone.

Quando entrei no Martín Fierro, Bevilacqua estava acomodado numa cadeira minúscula com a dignidade de um homem sentado num trono. Assim que me viu, ele se levantou.

Era a pessoa mais triste que já conheci. Os outros que o

acompanhavam, três ou quatro recém-chegados, olharam-me como cães dentro da carrocinha e pareciam, em comparação, apenas cansados. Em Bevilacqua, a melancolia que atinge a maioria dos portenhos era visível fisicamente, no corpo todo. Ele sofria, isso era óbvio, mas de forma tão visceral e profunda que lhe era impossível conter a tristeza: ela escurecia sua carne, curvava seus ombros, relaxava seus traços, murchava-o a tal ponto que era difícil dizer que idade ele tinha. Encolhia-se se alguém tentava tocá-lo. Por manobras diplomáticas que desconheço, ele fora tirado da prisão havia apenas dois dias e embarcado num avião com sua mala minúscula.

Como se quisesse justificar minha presença, Quita lhe explicou que eu era um escritor e um compatriota. Meio sem jeito, apenas para dizer alguma coisa, perguntei-lhe que livros ele havia publicado. Pela primeira vez, Bevilacqua sorriu.

"Não, irmão", respondeu-me. "Eu não escrevo livros. Ganhava a vida fazendo fotonovelas."

Talvez seja necessário, Terradillos, que eu lhe explique o que são essas fotonovelas, pois acho que vocês não cultivam essa literatura na França. Combinando o atrativo dos filmes, dos quadrinhos e das histórias românticas, lá pelos anos 1930 algum gênio anônimo inventou esse gênero híbrido entre fotografia e conto dialogado. Colocavam-se atores nas poses requeridas, eles eram fotografados em planos diversos, e depois se acrescentavam às fotos os balõezinhos com o diálogo necessário. Bevilacqua era o autor de tais argumentos.

Quita não se deixou dissuadir:

"Isso também é arte", disse-me depois, quando ficamos a sós. "Não me diga que para ajudar a salvar alguém é necessário que essa pessoa se dedique à boa literatura. Minhas condições para fazê-lo entrar são as da Real Academia: basta que saiba que

España não tem *h*. Manguel, não seja babaca, esse homem merece nosso apoio."

"Outro favorito", disse um gordo quando, depois que desejei sorte a Bevilacqua e lhe dei meu endereço, despedi-me com um abraço. "É a mesma coisa em todo lugar."

Dois dias depois, no meio da tarde, Bevilacqua apareceu em minha casa, morto de frio. Foi a primeira de muitas tardes.

Você quer, claro, conhecer os detalhes da vida remota de Bevilacqua: os pormenores escabrosos de sua educação primária, sua iniciação amorosa, suas atividades políticas incipientes, a prisão e a tortura. Mas vou dizer novamente: não é a mim que você tem de perguntar essas coisas. A discrição, se não a indiferença, foi o signo sob o qual nos relacionamos, ele e eu, durante todos esses meses. Sim, já sei, ele falava e eu me resignava a escutar, e você supõe que de toda aquela barafunda devo ter resgatado alguma cena dramática, algum episódio importante. Não estou muito certo disso. Bevilacqua me contava sua vida de maneira errática, enchendo um cinzeiro improvisado com bitucas amareladas, sem se preocupar em dar coerência histórica ou cronológica a sua crônica. Não estava tecendo um *Bildungsroman*; em vez disso, parecia estar imaginando um dos argumentos de suas fotonovelas, previsível, melodramático e fatal.

Tomemos como exemplo aquela Buenos Aires que sua nostalgia o fazia pensar que ele lembrava. Bevilacqua não podia acreditar que eu não sentisse saudades dessa cidade que, a meu ver, na lembrança melhora de maneira notável. Já Bevilacqua não sentia falta só da capital em que vivera; sentia falta do mapa da Argentina. Quer dizer, sentia falta dos bosques, das montanhas, das grandes extensões de planície que ele vira uma ou duas vezes, se tanto, desde um trem. Eu, ao contrário, procurava espaços cada vez mais reduzidos: não o campo, mas a praça do mercado, não a cidade, mas a aldeia. Madri e também Poitiers, você sabe, são aldeias com vocação metropolitana. Bevilacqua tinha o que vocês, franceses, chamam de *mal du pays*, mas acho que ele o teria mesmo se tivesse conseguido voltar. Ele sentia falta de um momento passado, não de um lugar, de uma geografia de horas desaparecidas em ruas que não existiam mais, esperando em soleiras de casas demolidas havia anos ou em cafés que muito tempo antes tinham trocado sua *boiserie* e seu mármore por revestimentos de gesso e fórmica. Posso lhe garantir que eu entendia sua nostalgia, mas não a compartilhava.

Para mim, Buenos Aires era uma cidade na qual eu mal e mal vivera, e que, na época em que a conheci, começara a decair tragicamente. Bevilacqua, por sua vez, apaixonara-se por Buenos Aires quando a cidade ainda era uma *grande dame*, vestida de cetim e de salto alto, com um toque de batom nas esquinas, enfeitada com joias e perfumada, elegante sem ostentação, engenhosa sem alarde. Mas nas últimas décadas (assim Bevilacqua explicava a história argentina recente) uma vergonhosa enfermidade a corroera. Perdera a graça, o dom da palavra. Suas novas avenidas e arranha-céus exibiam algo de falso, como pernas artificiais. Seus jardins murchavam. À noite, uma névoa densa caía sobre ela, interrompida apenas pelo clarão intermitente de lâmpadas alaranjadas. Comparada a essa Buenos Aires decadente, a cidade de sua infância se tornava mil vezes mais bonita e resplandecente.

Desde muito cedo, quando começou a perceber certa agitação subcutânea e um certo peso na virilha, soube que o que sentia por Buenos Aires era algo semelhante à atração erótica. Tocar as ásperas fachadas de pedra, as grades frias, sentir o perfume do jasmim em setembro e as calçadas molhadas em março (eu também estive na Arcádia!) o excitavam fisicamente. Ofegava e suava ao caminhar pela rua de sua casa ou ao sentar-se nos bancos de oleado dos ônibus.

"*Souvenir, souvenir, que me veux-tu?*", como dizia o outro. Lembro de algo que acho que vai satisfazer sua curiosidade jornalística e escabrosa.

Bevilacqua se apaixonou pela primeira vez no dia em que fez doze anos. Um colega de classe, chamado curiosamente de Babar (por isso não me esqueci dele), falara a ele de um cinema a poucas quadras da Estação Retiro, incrustado na parede que separava as vias do Paseo Colón. A mulher da bilheteria não quis saber, conforme o aviso na entrada exigia, se o garoto com a voz artificialmente rouca já completara dezoito anos. Com o sangue latejando nos ouvidos, Bevilacqua penetrou na escuridão e procurou um assento às cegas. O cinema, juro, tinha cheiro de suor e amoníaco.

Bevilacqua não conseguiu lembrar (se é que algum dia soube) o nome do filme: achava que era alemão ou sueco, e nunca mais o assistiu. O argumento, segundo ele me contou com profusão de detalhes, tinha alguma coisa a ver com uma moça do campo que viajava para a cidade em busca de fortuna. O rosto da inocente era em forma de coração, e ela usava um vestido branco e justo que, na cena mais intensa do filme, tirava e jogava sobre uma cadeira. Bevilacqua a contemplou embevecido enquanto seu rosto enchia a tela e um rapaz (porque, claro, havia um rapaz) a beijava. Com um sentimentalismo repugnante, Bevilacqua me disse que teve a impressão de que os lábios que a beijavam eram os dele.

Blackout discreto. A cena seguinte mostrava o amanhecer sobre os telhados. Só de cueca, o rapaz pulava da cama e começava a preparar dois ovos fritos. A moça, sonolenta, perguntava se não era muito cedo para comer ovos. Bevilacqua, para quem o café da manhã, à maneira argentina, consistia somente de café e torradas, nunca esqueceu a resposta: *Eu como o que quero, quando quero*. "Foi aí", disse ele, "que entendi o que era essa liberdade com que eu sonhava na loja de minha avó. A liberdade era ovos fritos ao amanhecer."

Não sei se o coitado estava convencido da relevância dessa estupidez ou se dizia isso para reviver a aventura, mas o certo é que Bevilacqua passou grande parte da adolescência querendo fazer coisas insólitas em lugares inesperados. Entretanto, para sobreviver, interpretava mansamente os vários papéis que a convenção lhe exigia — o neto fiel, o estudante disciplinado, o adolescente inquieto. Bevilacqua via-se como um jovem mais sábio que qualquer autoridade adulta, mais valente que qualquer aventureiro, e tão pleno de um amor apaixonado que sua imaginação se colava às coisas do mundo como um desses filamentos pegajosos que na Argentina são chamados de babas do diabo.

O rosto em forma de coração da atriz anônima velava seus sonhos. Acredito que ele sobrepunha esse rosto ao de qualquer mulher, mesmo depois de anos daquele primeiro encontro. Em suas tediosas descrições, as características iam mudando conforme o contexto, de maneira que às vezes o cabelo era sedoso e preto, como o de Loredana; às vezes os olhos diminuíam e brilhavam, como os de Graciela; às vezes o rosto inteiro se tornava translúcido, nebuloso, como o de alguma mulher cuja lembrança quase se esfumara para ele. Durante toda a sua adolescência, ele tentou encontrar esse rosto. Certa vez pensou vê-lo numa dessas revistas levemente pornográficas, *Rico Tipo* ou *Tutti Frutti*, que se acumulam nas barbearias; depois começou a procurá-lo nas bancas de jornal de Puente Saavedra, sob as colunas da Panamericana. Nunca mais o encontrou.

Você deve estar se perguntando como consigo (apesar de minhas reservas) reproduzir essas conversas. Confesso: durante minha estadia madrilenha, quando eu ainda não era gordo e minha barba ainda não era branca, pensei em escrever um romance. Como acontece com toda pessoa com certo *flair* pelos livros, a ideia de acrescentar um volume à biblioteca universal me tentou como um pecado. Imaginei um personagem, um criador, um artista, cuja vida, pensei, seria frustrada por uma única mentira. O romance se passaria em Buenos Aires e, uma vez que confio menos em minha imaginação que em minha memória, disse a mim mesmo que as confidências de Bevilacqua me serviriam para descrever meu personagem de ficção. Mas logo percebi que as lembranças de Bevilacqua eram carentes de paixão, de colorido, e quase sem querer comecei a acrescentar a suas histórias um pouco de fantasia, de humor. À precisão de Bevilacqua eu adicionava uma nota irônica, um comentário.

Repito: Bevilacqua tentava ser o mais detalhista possível, o que, como você sabe muito bem, é uma forma de esfriar as emoções. Para não me contar o que era secreto, derramava-se no superficial. Entre um cigarro e outro, punha-se de pé, explicava-me como os personagens agiam, mexia seus dedos açafroados para ilustrar os gestos deles, mostrava-me como eram suas vozes, fazia listas de nomes, datas, lugares. Sua obsessão pelo dado exato e seu medo de se enganar eram tais que com frequência Bevilacqua parecia estar inventando um passado para si, como se quisesse me convencer de sua existência.

Não sei se estou sendo claro, meu caro Terradillos. Ninguém se lembra tão bem dos anos distantes, a menos que os tenha fotografado, arquivado, reproduzido. Parece que Balzac fazia isso: criava um rosto para seus personagens, imitava-os diante do espelho e depois se sentava para descrevê-los. Com Bevilacqua era a mesma coisa. Falava das pessoas do passado com tal nitidez que eu tinha certeza de conhecer (por exemplo) os oculozinhos *à la* Lennon de Babar, seus coletes militares, sua risada contagiante. Quando Bevilacqua contava suas coisas, eu não dizia nada, para não desanimá-lo. Mas depois que ele ia embora eu ficava com a impressão de ter assistido a uma representação retrospectiva.

Bevilacqua admirava as pessoas para quem a realidade era feita de eventos concretos, números e documentos. Não acreditava na invenção. Essa desconfiança pelas aparências revelou-se a Bevilacqua muito cedo, quase menino ainda. Posso determinar a data: foi num domingo de setembro, depois da missa obrigatória. Caminhando atrás de sua avó, Bevilacqua viu na esquina, junto de um jacarandá, um homem velho e molambento. Em seu sermão sobre a caridade, o padre descrevera o mendigo arquetípico que recebe de San Martín de Tours meio manto numa tarde de inverno; o bigode hirsuto e as mangas esfarrapadas do velho correspondiam à imagem do mendigo do sermão. Para Bevilacqua a aparição era prova do poder da realidade, que vinha dar corpo às palavras do padre. Respondendo a esse poder, tirou do bolso algumas moedas e colocou-as na mão ressequida. O velho olhou para as moedas, olhou para seu benfeitor e caiu na gargalhada. Bevilacqua murmurou uma explicação. Sem parar de rir, o velho se desculpou, agradeceu o gesto e devolveu as moedas.

Por vários dias Bevilacqua procurou o velho da esquina. Uma tarde, voltando do colégio, ele o viu, imóvel como da primeira vez, sob a mesma árvore. O velho fez sinais para que se aproximasse. Bevilacqua foi, um pouco inquieto. Agora que voltava a vê-lo, não sabia muito bem o que dizer. Foi o velho quem falou.

"Você deve estar se perguntando o que eu estou fazendo aqui parado, sozinho, desgrenhado, se não sou um mendigo, não é? Você imagina que os mendigos são assim. Você me vê e pensa: Esse é um mendigo. Mas não se pode confiar nas aparências, guri. Você gosta de marionetes?"

Bevilacqua tinha visto um espetáculo de marionetes uma

única vez na vida, numa entediante festa de aniversário. A curiosidade e a surpresa o fizeram assentir.

"Siga-me", disse o falso mendigo e, tomando o garoto pelo braço, guiou-o até a área de Barrancas. Pararam diante de uma casa de vitrôs baixos, de aspecto decrépito.

Vou lhe descrever o cenário.

Bevilacqua entrava na adolescência. Menos que desconfiar da libido humana, o interesse que podia despertar nos adultos certamente devia aguçar sua curiosidade. Aquele segundo olhar num ônibus, aquele exame tácito que na rua busca sinais de interesse mútuo, aquele joelho encostado na sala do cinema escuro, tudo isso Bevilacqua devia intuir como uma homenagem a sua pessoa, um gesto de boas-vindas ao umbral da idade adulta. Não estou lhe dizendo que o velho fosse um pervertido nem que Bevilacqua se inclinasse para aqueles prazeres tão bem descritos na literatura grega. Mas algo que até agora ele não percebera lhe tirava o medo, incitava-o a ir em frente, a acompanhar o velho e a deslizar pelos cômodos da casa desconhecida.

Deslizar talvez não seja o verbo exato, por sugerir um progresso sem resistência. Os cômodos da casa eram, todos eles, obstáculos. Cada um estava cheio de objetos de todo tipo: armários, estantes com livros deteriorados, poltronas, mesas e mesinhas, estátuas que pareciam de pedra mas que eram de *papier mâché*, pilhas de jornais amarrados com barbante, cestos de roupa, volumes indecifráveis, e sobre cada objeto, em cada buraco possível, bonecos de todos os estilos e tamanhos. Braços, pernas, caras borradas, olhos de vidro e perucas coloridas despontavam com recato por trás de um móvel ou se estendiam de maneira obscena sobre uma caixa, dando a impressão de uma orgia ou de um campo de batalha. Por um bom tempo, Bevilacqua pensou ter entrado na caverna de um ogro, repleta de cadáveres de anões.

O velho apanhou um soldado romano que ocupava uma poltrona rafada, ofereceu o assento a Bevilacqua e sentou-se diante dele sobre um grande baú pintado. Parece que nessa tarde o velho (seu nome, esclareço, era Spengler) desfiou para ele um longo e sedutor elogio da arte das marionetes, criaturas de madeira e pelúcia que representavam diante do público uma realidade mais certa que a de nosso mundo ilusório. Em escolas, parques, fábricas e prisões, Spengler armava seu teatro para contar o que ele chamava de "mentiras verdadeiras". "Sou um missionário do conto", disse a Bevilacqua. E dando uma palmadinha na bunda de Bevilacqua (que o menino consideraria pudica, mas talvez eu não), pôs-se a manejar os fios, saltando sobre os móveis e fazendo ruídos misteriosos.

Como você deve imaginar, Bevilacqua ficou fascinado com tantos braços minúsculos, tantos torsos, tantos narizes e tantos olhos. Aos doze ou treze anos, não queremos que nada seja estranho, mas ao mesmo tempo o estranho nos atrai de forma irresistível. Nos atrai e nos aterroriza. Bevilacqua queria e não queria ir embora. Nisso, uma moça, quase uma mulher, entrou no cômodo e sentou-se diante de uma das mesas abarrotadas para remendar alguns bonecos. Depois Bevilacqua soube que ela se chamava Loredana.

Bevilacqua passou a visitar dom Spengler de manhã e de tarde: com os anos não perderia esse desagradável hábito de pensar que o tempo dos outros devia se acomodar ao seu. Ia vê-lo antes do colégio, ou ao entardecer, quando a sra. Bevilacqua estava ocupada em La Bergamota. Imagino que o velho se sentisse afagado: Bevilacqua sempre teve, parece, esse olhar sedutor que dão os olhos túrgidos, as sobrancelhas grossas, as íris negras. Mas não era Spengler quem ele queria ver, embora tivesse começado a se afeiçoar ao velho bigodudo. Ia atrás de Loredana, que mal lhe dirigia a palavra, inclinada sobre sua costura, com seu decote profundo, suas pernas cruzadas revelando uma coxa brilhante como uma maçã. Encontrava Spengler dormindo numa poltrona com um livro, ou movimentando freneticamente as marionetes sobre um tablado improvisado, ou olhando absorto pela janela, ou pintando com rápidas pinceladas um rosto ou um cenário. Dom Spengler parecia passar de um estado quase cataléptico a uma atividade febril, sem estados intermediários, e Bevilacqua fazia apostas consigo mesmo sobre como encontraria o velho naquela tarde ou manhã.

Loredana nem sempre estava em casa, mas para Bevilacqua o simples fato de saber que ela estivera ali horas antes ou que viria mais tarde, quando ele já tivesse ido embora, enchia-o de um sentimento ao mesmo tempo angustiante e sonhador. Quando conseguia vê-la, tinha a impressão de que Loredana manejava os soldados e princesas com a habilidade de uma deusa. Na boca de Bevilacqua, a palavra não era uma hipérbole.

Agora, se eu tivesse de inventar uma vida para Bevilacqua, teria procedido de outra maneira. Sabendo como era ao chegar à Espanha, conhecendo, principalmente, seu fim trágico e as circunstâncias terríveis que o levaram a esse fim, eu teria atribuído a ele uma infância mais apaixonante: encontros com turmas, *affaires* com mulheres mais velhas, algum ato criminoso que mais tarde, nos últimos anos de sua adolescência, iria transformar-se num ato revolucionário. Porque, conforme ele mesmo contava, a violência, o frenesi amoroso, a política (que o levou à prisão) não tinham sido em sua vida senão acasos, erros da sorte. Bevilacqua estava destinado a uma carreira de observador, de contemplador, como aquele viajante de Baudelaire que não liga para ninguém, nem para familiares nem para amigos, só para as nuvens, *les merveilleux nuages*.

Eu acho, meu caro Terradillos, que foi dessa vocação contemplativa que nasceu seu talento para contador, para detalhar minúcias com o descaramento de um pornógrafo. De Spengler, por exemplo, que no fim das contas só ia ter importância em sua vida como um preâmbulo para Loredana, ele dizia lembrar a biografia inteira.

O velho nascera em Stuttgart, próximo da casa do filósofo Hegel, que, ao que parece, cumprimentara uma ou duas vezes seu avô. O negócio dos Spengler era a relojoaria, e o som compassado dos relógios os tornara insensíveis ao passar do tempo. Spengler pai era um judeu irascível e piedoso que passava horas metendo o pau na iniquidade de seu Deus. Dedicara-se aos relógios por respeito às grandes relojoarias da eternidade, mas sem lhes conceder sua aprovação. Considerava um escândalo que Deus tivesse inventado um tempo contínuo, eterno, e que, simultaneamente, tivesse decretado para todos os homens prazos curtinhos nos quais, para piorar, só havia frustração e sofrimento. Sua mulher, rechonchuda e boboca, sorria dia e noite, enquanto ele ficava roxo de raiva, encurvado sobre suas rodas e engrenagens. "Um homem precisa continuar trabalhando", resmungava, "mesmo que seu patrão seja um louco."

Aos doze anos, Spengler foi enviado ao ateliê de um fabricante de marionetes e nunca mais viu seus pais. A guerra o tocou até a margem do Atlântico. Ali seu mestre, esgotado demais para tentar a viagem ao Novo Mundo, deu-lhe de presente o baú de bonecos, um pouco do dinheiro economizado e despediu-se dele num barco cheio de sírios que não sabiam muito bem para onde estavam indo. Assim ele chegara a Buenos Aires, numa tarde de outono há milhares de anos. Queria que Bevilacqua conhecesse sua história para que entendesse que todas as vidas humanas são, no fim das contas, iguais. "Desorientadas, difíceis, incompreensíveis", repetia para o garoto, dando palmadinhas em sua perna. "Mas iguais."

Recuso por princípio qualquer explicação psicológica, mas,

se quer saber minha opinião, acho que Bevilacqua sentiu que a presença de Spengler saldava de algum modo a dívida contraída pela morte de seus próprios pais. Decidiu dedicar-se às marionetes. Aprenderia a arte do velho e estaria com Loredana. Obteve a permissão da sra. Bevilacqua (que na época começava a perder a noção do tempo e a se esquecer do nome e do rosto das pessoas) para passar cada vez mais tempo na casa de Spengler. Por fim, num dia memorável, o velho permitiu que ele manipulasse uma das marionetes em público. Anos depois, Bevilacqua ainda conseguia cantarolar a melodia que acompanhava as cortinas subindo.

Vamos falar de Loredana. Quantas vezes ele a vira? Meia dúzia na casa de Spengler, talvez outras tantas na rua, e também no teatrinho. Com esses retalhos, construíra uma pessoa inteira, física. Os ingleses dizem "cair de amores"; Bevilacqua nunca teria usado essa expressão. Para Bevilacqua, apaixonar-se não era um acidente, um desacerto; apaixonar-se era uma conversão, a aquisição de um novo estado. Não se caía nele, sentia-se ele cair sobre a gente, como a chuva, ensopando até os ossos. Não sei se Loredana percebeu; acho que sim, as mulheres sabem dessas coisas. Loredana nunca o estimulava. Tratava-o com uma cortesia impecável, deixava que a acompanhasse até o ônibus, aceitava uma caixa de fruta cristalizada ou uma lata de marmelada La Gioconda roubada na loja de sua avó, mas jamais uma confidência, nunca uma brincadeira. De sua vida fora do ateliê de Spengler, do outro lado da cortina, Bevilacqua nunca soube nada, a não ser que Spengler a treinara e que seu sobrenome era finlandês.

Pouco antes do Natal de 1956, um produtor de *variétés* convidou dom Spengler para montar seu espetáculo em Santiago do Chile. Loredana, claro, iria com ele. Bevilacqua ficou desesperado. Não creio que tenha confessado seu estado de espírito a ninguém. Não podia contar uma coisa dessas para a sra. Bevilacqua e, que eu saiba, no colégio ele só tinha um amigo de verdade. A realidade se reduzia a um único fato e a suas consequências: Loredana ia embora. Ele ia ficar sozinho. Não podia viver sem ela. Resolveu segui-la.

Você pode imaginar minha surpresa quando me contou essa fuga adolescente. Ninguém, certamente não eu, consideraria Bevilacqua um ser impulsivo, um animal de ação. Falávamos (ele falava, eu olhava, como de hábito, para o relógio) de atos precipitados ou imprudentes, desses que o mundo associa ao temperamento latino. Bevilacqua os elogiou. Não a decisão tomada friamente, premeditada, mas essa que estoura de repente, como um trovão. Acho que já lhe disse que, para mim, Bevilacqua era muito italiano do norte, muito racional. Talvez para me demonstrar que não era totalmente assim, contou-me sua aventura.

A maior dificuldade consistia em cruzar a fronteira com o Chile. Sabia que sua carteira de identidade bastaria, mas também sabia que, sendo menor de idade, precisava de uma autorização de sua avó, e que ela nunca a daria. A solução era obter o documento de alguém mais velho. Argumentando que uma foto de identidade é irreconhecível, convenceu Babar a procurar a carteira de seu irmão mais velho e emprestá-la por alguns dias, para que ele pudesse entrar num teatro de revista de péssima fama. Para conseguir dinheiro, vendeu seu gravador Grundig para a filha de uma vizinha. Comprou sua passagem de trem, arrumou a mala com poucas coisas, e um dia de manhã, bem cedo, deixou um bilhete para a sra. Bevilacqua, explicando-lhe que pretendia fazer fortuna no mundo, por sua conta e sem a ajuda de ninguém. Deu a entender que ia se aventurar pela Patagônia, que, para a sra. Bevilacqua, devia ter a terrível reputação da selva amazônica.

Não sei se você, Terradillos, compartilha da minha opinião, mas as viagens de trem lembram um pouco um conto. Pegar um trem no início de uma nova vida (ou do que Bevilacqua sentia como uma nova vida) teria para o garoto o sabor de uma epopeia. Todos os detalhes o impressionaram, como se já pertencessem à história: o tom ameixa dos assentos, o guarda de cabelo comprido, um grupo de moças tocando violão. Tudo era importante, porque agora cada momento (Bevilacqua dizia a si mesmo) era parte de seu futuro.

Ao longo de um dia interminável, cruzou a paisagem monótona; para Bevilacqua aquilo era como a preparação necessária para uma grande vitória. Quando as montanhas apareceram, suas expectativas se confirmaram. Antes do anoitecer chegou a uma pequena estação fronteiriça acocorada entre paredes de pedra e neve suja. Esperando a mudança de locomotivas, Bevilacqua e os outros passageiros percorreram, para esticar as pernas, a plataforma metade argentina, metade chilena. Um funcionário com cara de mestiço lançou um olhar indiferente sobre o documento apócrifo. Anos mais tarde, Bevilacqua diria, como quem se dá conta do fato: “Certa vez caminhei sobre os Andes”. O resto da viagem ele fez no escuro.

Chegou a Santiago depois da meia-noite. Deve ter dormido, porque quando desceu do trem os outros passageiros tinham desaparecido. A não ser pela presença de um velho varredor de rua, a estação estava deserta. Ao sair para a rua, viu que estavam fechando os portões gradeados.

Ouvira dom Spengler mencionar o nome do teatro onde iam se apresentar, e perguntou a um motorista de táxi se ficava longe. Caminhou. Naturalmente, estava escuro, mas na calçada defronte viu as luzes do Gran Hotel O’Higgins. Entrou e perguntou ao recepcionista se dom Spengler e sua *troupe* estavam hospedados ali. O recepcionista respondeu que sim. Bevilacqua pediu que o pusesse em contato com o quarto da srta. Loredana.

Uma coisa eu digo: quando Bevilacqua dizia que não era escritor, ele tinha razão. Faltava nele esse impulso inventivo que a narrativa de ficção exige, essa falta de respeito pelo que é e a ânsia pelo que poderia ser. Não imaginava: via e documentava, o que não é a mesma coisa. Proust vai buscar detalhes *a posteriori*, porque deseja que o passado lhe confirme o que inventa no presente. Bevilacqua, não; ele se interessava pelo *a priori*, pelos fatos como pura narração, sem notas nem comentário.

Não sei o que ele esperava. Que sua paixão soltasse gritos de alegria, corresse escadas abaixo para se jogar nos braços de seu intrépido Aníbal? Que o convidasse para ir para a cama, que compartilhasse com ele a noite como recompensa por sua façanha? O que eu sei que ele não esperava era o silêncio absoluto. Ouviu que atendiam o telefone, ouviu uma respiração cansada, ouviu o eco de sua própria voz dizendo "Loredana, sou eu, Alejandro", ouviu que desligavam. Com a mão ainda apoiada no telefone, perguntou ao recepcionista se havia um quarto vago. Enquanto o homem lhe passava a chave, Bevilacqua resolveu lhe dizer que era a primeira vez que se hospedava num hotel.

A noite insuportável chegou ao fim. Bevilacqua não se lembrava de ter dormido, mas ao ver a luz lá fora levantou-se e desceu. Dom Spengler estava no restaurante, tomando o café da manhã, sozinho. Loredana o acordara e lhe contara o sucedido. Também pedira que o mandasse de volta a Buenos Aires naquela mesma manhã. Bevilacqua se negou. Deixara tudo para se encontrar com ela. Ele a seguiria para onde quer que ela fosse. Não se importava que se negasse a falar com ele. Em silêncio, na sombra, ele a amaria. Não podia voltar.

Dom Spengler tentou convencê-lo. Repetiu seu discurso sobre a realidade e nossa obrigação de aceitá-la. Mas para Bevilacqua a ficção, a mentira, era a ausência de Loredana; a verdade consistia em que ela aceitasse sua presença, seu gesto de amor, sua pessoa.

Então Loredana entrou no restaurante. Ele levou um instante para reconhecê-la. A Loredana do Chile era outra. A de sua lembrança, a de sua ansiedade, era mais alta, mais morena, tingida pela ausência e pelo desejo. Em cada hora de vigília, em cada minuto de sono, sua Loredana estivera presente, fisicamente, do roçar de seu cabelo sobre o braço ao cheiro de maçãs que sua pele exalava sob o vestido. A mulher que entrou no restaurante era diferente: um pouco encurvada, abatida, de movimentos pouco graciosos. Como que para confirmar sua presença, Bevilacqua tentou segurá-la pelo braço. Loredana esquivou-se e estava prestes a sentar quando Bevilacqua, mais uma vez, estendeu sua mão para ela. Loredana deu-lhe uma bofetada. Então dom Spengler se levantou e mandou a moça ir para o quarto. O nariz do apaixonado sangrava. Dom Spengler entregou-lhe um guardanapo para que o secasse. Bevilacqua se virou para vê-la uma última vez, mas Loredana já havia saído.

Nessa mesma tarde ele voltou para Buenos Aires, dessa vez de avião, cortesia de dom Spengler. Na alfândega, o agente olhou demoradamente para o documento de identidade, mas o deixou passar sem dizer nada. Não sei que explicação ele deu para a avó. Anos depois, Bevilacqua ainda tinha vontade de perguntar a Loredana por que ela não lhe dirigira a palavra. Era uma coisa que Bevilacqua nunca conseguiu entender.

Bevilacqua me disse que a sra. Bevilacqua não lhe perguntou onde estivera. Nem sequer tinha certeza de que a avó lera o bilhete, ou se ela decidira ignorar o que sem dúvida lhe seria difícil de entender. O certo é que desde aquele momento a sra. Bevilacqua mal se ocupou dele. Talvez, de algum modo, ao perceber depois de anos de desavenças e castigos que com seu neto a força e o rigor pouco valiam, decidiu permitir-lhe uma espécie de liberdade *laisser faire*; ou seja, viver sua vida. Para a sra. Bevilacqua, começou a parecer mais importante (menos insolúvel, eu diria) não deixar duas facas cruzadas sobre a mesa, presságio de disputa, e obter um relatório verídico do vivido por seu neto no grande mundo.

Na única foto que Alejandro tinha da avó (e que naturalmente me mostrou), a sra. Clara Bevilacqua aparecia em preto e branco como uma mulher magra e pálida, com sobrancelhas depiladas que pareciam traçadas com um lápis violeta, um penteado de cachos compactos, rígido como um capacete de jóquei. Fora retratada num vestido florido contra uma parede de cal, e parecia infinitamente infeliz. Alta, ereta, adusta, era uma mulher que por certo se incomodava com o contato físico e que não concedia abraços nem carícias. Durante toda a sua infância, Bevilacqua sentiu que havia falhado em algum teste secreto. Nunca soube qual, mas seu fracasso e seu mistério o deixavam com um sentimento de culpa. Entre essa mulher anciã e soberba, e a outra, a evanescente Loredana, Bevilacqua passou a adolescência.

Confesso que eu tinha pouca paciência com o *Angst* de Bevilacqua. Durante toda a minha vida, meus pais consideraram cada um de meus atos obra de um gênio, e cada um de meus erros a menor falha de um santo. A sra. Bevilacqua, ao contrário, argumentava que seu neto não conseguia realizar uma tarefa sem que, desde o começo, ela não estivesse fadada ao fracasso. Sem saber, ela compartilhava com meus pais superstições mais antigas que as culturas do Pó ou as do Cáucaso, mas ao passo que para meus pais essas eram simplesmente as regras do jogo, para a avó de Bevilacqua eram arapucas armadas por um deus imperioso e vingativo, arapucas que seu neto incauto não sabia evitar.

A verdade é que, quando o garoto voltou do Chile, o mundo era outro: sua Loredana já não estava nele. Então resolveu mudar também seus hábitos, seu repertório cotidiano, como se quisesse se vingar, com sua própria conduta, da conduta do que não se atrevia a chamar de destino. A vida de sua avó se dividia entre a casa, a igreja e a loja; Bevilacqua quis fugir das três. Começou a inventar desculpas para se demorar depois das aulas ou para sair antes da hora habitual. Cada dia pegava um caminho diferente para ir ao colégio e se perdia por bairros pobres e arborizados, entre parques vetustos e construções cujo propósito ele não conseguia adivinhar. Naquela época, Buenos Aires era uma cidade boa para nela se perder. Assim se passaram horas, semanas, meses. É curioso como uma tarde pode se prolongar até o infinito e vários anos podem se reduzir a cinco palavras.

Mas não sei se isso tudo lhe interessa, Terradillos. Não sei se o que estou lhe contando é grão para seu moinho. Você quer saber como Alejandro Bevilacqua morreu. Você quer saber como foi que um homem quarentão, cortês e sensato, no momento em que a fama começava a sorrir para ele, foi se estatelar na calçada da Calle del Prado num domingo de janeiro, logo de manhã, sob a sacada de meu apartamento.

Já chego lá, meu caro Terradillos. Tenha paciência.

Tenho uma teoria sobre essas coisas. É comum pensarmos que nosso nascimento se deve a um cruzamento de eventos históricos e privados, aos fluxos e refluxos de nossas sociedades e também à biografia de nossos pais e avós; ou seja, à própria corrente tentacular do mundo. Mas nossa sorte também (sobretudo nossa morte, eu diria) é resultado de tais idas e vindas, de tais circunstâncias nímias e enormes. Somos o resultado de milhares e milhares de ações públicas e secretas, e nosso fim também. Para explicar a morte de qualquer um, em especial uma morte violenta, misteriosa, basta remontar incansavelmente o tempo, recuperar cada detalhe, cada palavra, cada avatar dessa vida, e esperar que nossa inteligência decifre a constelação que assim se forma. Os detetives devem ter alguma coisa de astrólogos. Poirot e Paracelso são irmãos de sangue. Eu sempre disse que uma investigação policial (pelo menos na literatura, que é onde se resolvem todos os grandes crimes) é parecida com o estudo dos corpos celestes.

Vamos começar pelo cenário. Você lembra (ou imagina) o que era a Madri daqueles tempos, meados dos anos 1970, quando o fedor, a escuridão, aquela sensação de abatimento dos anos do Caudilho apenas começava a se dissipar? Digo apenas porque continuávamos tendo a sensação de transitar por um lúgubre *ballo in maschera*, principalmente alguém jovem como eu naquela época, com o eco de autênticas festas portenhas ainda ressoando em meus ouvidos. Nenhum rosto era o verdadeiro, todos dissimulavam algo, cada qual mentia quase por hábito, era uma mascarazinha que refletia a máscara da cidade inteira, uma cidade que pretendia não ser o que era, não sentir essa espécie de mal-estar sempre presente, esse desgosto que ameaçava em cada canto.

Porque havia outra coisa, e isso dava para adivinhar. Sabíamos que ela era onipresente nas manhãs de inverno, por exemplo, quando uma neblina suja se derramava pelas ruas do centro, pelos lados da Plaza de Oriente e pelos cantos imundos dos becos que, como minhocas solitárias, abriam passagem a mordidelas entre as casas de tijolo e a sujeira. Ou às vezes no verão, quando o lixo se acumulava pelos cantos nos finais de semana e enchia a noite de um bafo de alcachofras e vinho azedo. Muitas vezes, durante o tempo que passei em Madri, ouvindo diversas vezes a *Bohemian Rapsody* que um amigo me enviara de Nova York, pensei estar me afogando.

Do meu quarto na Calle del Prado, tentando juntar palavras sobre o papel, via pessoas com sobretudos fúnebres avançando penosamente como se estivessem sendo arrastadas por um rio de lama. Só comecei a pensar que alguma coisa estava a ponto de mudar quando vi pela primeira vez um casal, ele vestido de azul e ela de vermelho, correndo rua acima, rindo.

No entanto, para os exilados sul-americanos, vindos de onde vinham, isso parecia um sonho. Embora aqui também não se pudesse ver essa cultura nova que, segundo se contava, estava sendo feita na França, na Itália, na Inglaterra (até na Suécia, veja que estranho!), não estavam mais à espera de um sequestro, de um interrogatório. Se essa nova terra parecia um território desolado onde nem sequer as feras faziam esforço para construir alguma coisa, as cidades das quais haviam fugido eram descampados nos quais a própria inação era perigosa, nos quais cada brecha, cada pedra levantava suspeitas, era uma ameaça. Buenos Aires, Montevidéu, Santiago eram lugares desertos e assustadores, ao passo que Madri, para eles, era simples e tranquilizadoramente deserta. Conheço um punhado de escritores que em Barcelona, San Sebastián, até em Sevilha, conseguiram terminar livros que tinham arrastado para o exílio dentro de pastas volumosas. Em Madri não.

Enrique Vila-Matas se interessou por esse fenômeno que estou descrevendo, o do romance exilado e nunca escrito. Vila-Matas se encontrou com Bevilacqua naquela época (se você tivesse visto, naqueles tempos, o futuro autor de *O mal de Montano*, um rapaz elegante, jovem conhecedor de vinhos finos e rabos de saia!) e desconfio que foi esse encontro que lhe deu a inspiração para o que décadas mais tarde se transformaria nesse clássico do inefável, *Bartleby e companhia*.

Há uma passagem de *Bartleby* em que Vila-Matas, estou convencido disso, fala de Bevilacqua sem citar seu nome. Você, que é tão lido, deve conhecê-la de memória. "Na literatura do Não, há certas obras não só não escritas mas das quais também não sabemos nada, nem o tema, nem o título, nem a extensão, nem o estilo. Dizem-nos que tal pessoa, escritor, é um autor conhecido. Mas de quê? Ele mesmo nega sua paternidade, sem ao menos, como seu célebre antepassado, atribuir-se o papel de padrasto. O senhor x diz não ser escritor, não ter escrito; *vox populi* o contradiz e afirma que sua obra, não lida por ninguém, é *remarquable*."

Quando Vila-Matas soube da morte de Bevilacqua, escreveu-me sugerindo que o crime tinha raízes intelectuais: "Que solução melhor para um pseudo-Bartleby, para o autor de um livro inexistente,* do que fazer de si mesmo um autor inexistente? Agora os dois, autor e obra, dividem a mesma estante vazia".

Vazio talvez não seja a melhor palavra para descrever Bevilacqua naquela época. Apreensivo, atordoado, exangue, sim, repleto de desconfianças e receios, com isso eu concordo. O temor aprendido durante seus últimos anos na Argentina, que o fazia sobressaltar-se a cada passo, desconfiar das gentilezas, calar confidências e opiniões, não desapareceu totalmente com sua chegada à Espanha.

Um exemplo. Pouco depois de chegar, Andrea levou Bevilacqua a um desses cafés da Castellana que tanto na época como agora servem café ruim a um preço absurdo, e onde toda uma miscelânea de sul-americanos recém-chegados gostava de se reunir. Tito Gorostiza, que Deus o tenha, estava remexendo numa bolsa que sempre levava consigo, *made in Mendoza*, procurando não sei que citação para ler para os outros. Entre os livros que empilhou na mesa, vimos uma antologia de contos publicada em Havana. Ao ver o livro, Bevilacqua deu uma olhada

* Ou "evanescente", não sei bem como ler esta palavra. Vila-Matas tinha (e ainda tem) péssima caligrafia.

por trás do ombro, pegou seu paletó e o cobriu apressadamente. Estava pálido. Levei um instante para entender o porquê disso.

Estou convencido de que Bevilacqua não lamentava seu exílio madrilenho. Ao contrário: Bevilacqua ficou deslumbrado com o que *imaginava* ser a Espanha. Tivera a sorte de ficar sob a proteção de Quita e de sua Andrea, de maneira que, em vez de ser obrigado a se submeter ao rigor de uma pensão do centro, pôde, desde o primeiro dia, hospedar-se num apartamento de La Prospe, próximo do Martín Fierro, apartamento já ocupado por outros cinco exilados argentinos, entre eles Cornelio Berens, o Holandês Errante, como o chamavam, em virtude dos muitos países por onde já passara.

O quarto que lhe coube era pequeno mas bem iluminado. Quita lhe deu um pouco de dinheiro, e Andrea, que conhecia perfeitamente as manobras de sobrevivência dos latinos, propôs que, ao menos durante um tempo, ele acompanhasse um dos companheiros que iam vender artesanato na Calle Goya. Você não imagina quantos nomes hoje célebres desdobravam suas pastinhas na calçada. Eu tenho uma pulseira de contas ensartadas por um senhor cujo nome hoje encabeça a lista de *best-sellers* em seu país, Terradillos. Em todo caso, sobre a calçada ampla da Calle Goya, acabava de se abrir o capítulo espanhol da vida de Alejandro Bevilacqua.

Desculpe, Terradillos, a desordem de meu relato: percebi que não terminamos o capítulo argentino. Vamos voltar um pouco, se você concordar.

Depois do colégio, Bevilacqua decidiu não ir para a universidade, que lhe parecia muito sistemática, autoritária. Primeiro tentou ganhar a vida trabalhando com teatro de bonecos, apesar dos leves protestos da sra. Bevilacqua. Depois descobriu que podia ganhar algum dinheiro escrevendo esses roteiros de fotonovelas dos quais já lhe falei.

Começou quase por acaso, num dia mais longo que outros, imaginando um *script* que contava (seria um exorcismo para ele) sua romântica e infeliz história de amor com Loredana. Pensando bem, o assunto é bastante teatral: o adolescente embevecido, a bela indiferente, o velho paternal e ineficaz, a perseguição por montanhas e vales, a desilusão final. Babar, a quem ele se atreveu a mostrar o texto, em vez de caçoar dele (Babar trabalhava como jornalista num jornal de economia) aconselhou-o a enviá-lo à Editorial Jotagé, especialista em pornografia leve, revistas sentimentais e fotonovelas. Assim começou a carreira literária de Alejandro Bevilacqua. Depois não venham me dizer que águias não caçam moscas.

Enquanto isso, sua avó, anciã e fria, perdia-se em confusões e lembranças cada vez mais duvidosas. Menos rígida, menos determinada, a sra. Bevilacqua parecia estranhamente inquieta, distraída. Esquecia-se de pequenos afazeres, de pedir mais azeitonas, de examinar o estado dos frios. Enganava-se ao fazer as contas ou deixava a chaleira fervendo sozinha no fogão. Certa vez, Alejandro encontrou-a sentada na cozinha, como se estivesse dormindo de olhos abertos, em meio a uma nuvem de fumaça preta, enquanto no forno o matambre virava carvão. De outra feita, a sra. Bevilacqua se levantou antes do amanhecer, vestiu-se com roupa de domingo e acordou o neto para lhe dizer que ia ao cemitério "porque estão me esperando lá". Alejandro teve de passar cada vez mais tempo com ela, vendo, dia após dia, tudo o que nela era sólido se dissolver, a pele se tornando transparente, o corpo se curvando, a voz emudecendo, o olhar se perdendo, as mãos ficando trêmulas.

Uma tarde, voltando da entrega de um de seus roteiros, sem saber muito bem por quê, Bevilacqua deixou que o ônibus o levasse mais longe que de costume. Ao voltar a pé, noite já alta, notou que a porta da rua estava entreaberta. Subiu sem acender a luz. Um cheiro de eucalipto e de algo doce e rançoso alcançou-o na entrada do quarto de sua avó. Ouviu um som rouco. Na cama, velado pela orquestra de micos de peruca, viu o corpo da anciã reduzido ao tamanho de um fantoche. Só os cachos desdobrados em leque tinham aumentado de tamanho; todo o resto parecia quase impossível de tão pequeno. As sobrancelhas pintadas e os lábios brancos aumentavam a impressão de irrealidade, de algo suspenso e prestes a se esfumar. O neto a chamou; seus olhos se abriram e se fecharam, e voltaram a se abrir mais uma vez. Olhou para ela e teve a impressão de que os olhos o acusavam. Essa foi a última vez, disse-me ele, que a sra. Bevilacqua lançou sobre o neto um olhar de reprovação.

Sua respiração se tornou cansada, medida em pausas longas, calculadas. Um momento depois, cessou. Bevilacqua lembrou que a avó gostaria de receber a extrema-unção. Mas a quem recorrer? Quem procurar a essa hora? Onde ficava a igreja mais próxima? No fim, foi para a cama. Na manhã seguinte, ligou para uma agência funerária.

Uma semana depois do funeral, durante a longa e inevitável missa de sétimo dia à qual compareceram os clientes mais velhos de La Bergamota, Bevilacqua ficou recordando a vida com sua espantosa avó. Que lhe restava de tudo aquilo? Quem era ele agora, órfão e inseguro? Beirando os trinta, sem família e quase sem amigos (o fiel Babar estava lá, e um ou outro fotógrafo da Jotagé), sentiu que devia se definir, assumir uma feição e uma presença inteiramente suas, sem nada daquela mulher tão rigorosa que desejara para o neto uma vida entre fiambres. Ensaiou um primeiro gesto: quando o padre se aproximou com a hóstia estendida, Bevilacqua fez um gesto de recusa e o padre viu-se obrigado a avançar até o comungante seguinte. A sra. Bevilacqua foi enterrada no cemitério da Chacarita. Depois da cerimônia, Bevilacqua nunca mais visitou seu túmulo.

Estamos em 1967. Bevilacqua tinha acabado de completar vinte e nove anos. Herdou sem muita papelada a casa da avó, a loja La Bergamota e também uma respeitável poupança. Resumindo: vendeu as propriedades, depositou o dinheiro recebido e, sem se perguntar por quê, em seu trigésimo aniversário ingressou na faculdade de filosofia e letras. Lá conheceu Graciela.

Você já deve ter percebido que muitas mulheres foram importantes na vida breve de Bevilacqua. Contei que sua adolescência se passou entre os polos magnéticos de duas delas, a avó austral e fria e a nórdica e nebulosa Loredana. Na segunda parte de sua vida foram outras, também opostas. Mas já chegaremos a elas.

Permita-me um aparte. É curioso como os dramas de nossa vida são interpretados ao longo de tantos anos por um elenco reduzido que, cena após cena, passa em revista todos os nossos personagens. São sempre os mesmos: o herói ou a heroína, o homem mais velho, a *ingénue*, a figura materna, o vilão, o companheiro fiel. No caso de Bevilacqua, sempre houve duas intérpretes femininas: a mulher forte e reservada, a quem Bevilacqua obedecia mas de quem queria se livrar; e a outra, desejada porém inalcançável, capaz de feri-lo sem nem olhar para ele. Entre os homens de sua vida, reconheço ao menos dois deles: primeiro, o amigo constante que foi Babar, de poucas palavras, porém sempre presente, sua ponte com o mundo prático; segundo, o educador, o guru, o confessor de pecados que foi dom Spengler, e cujo papel, pobre de mim, quis o destino que eu herdasse.

Pensando bem, há um terceiro: o inimigo invisível.

Mas, por enquanto, permita-me voltar a Graciela. Graciela era mais jovem que ele, mas não muito, era morena, miúda, agressiva, inteligente. A primeira vez que se falaram foi num café em frente à faculdade, onde Bevilacqua estudava para uma prova e ela se reunira com um grupo de protesto. Imagino que os dois deviam sentir-se velhos entre tantos adolescentes. Bevilacqua tinha levantado os olhos da página e, quase involuntariamente, fixara-os no decote de Graciela.

"Ei, você", ouviu de repente.

Percebeu que ela estava falando com ele. "Eu?", perguntou, surpreso. E ela, bem alto para que todos ouvissem:

"Sim, você. Está olhando para os meus peitos?"

Bevilacqua afundou a cabeça no livro. Quando por fim levantou a vista, Graciela já havia ido embora. Depois se encontraram na sala de aula. Inevitavelmente, foi ela quem se aproximou. Quis saber o que ele fazia, o que estudava, quais eram suas opiniões políticas. Bevilacqua confessou uma ou duas preferências; Graciela caçoou delas e indicou outras. Esse primeiro ritual quase nunca variou nos muitos anos de sua relação.

Graciela era a filha caçula de um casal de escrivães. Acho que eram armênios ou algo assim, em todo caso seu sobrenome era Arraiguran. Viviam em Almagro: isso diz tudo. Graciela não queria ser escritora, não gostava de revistas literárias, não se interessava pela nova literatura francesa. Via seu futuro num posto vagamente político, mas sua vocação natural, a advocacia, parecia-lhe muito próxima da de seus pais. A faculdade de letras permitiria que ela se preparasse, pensava ela, para a história e sua retórica. Parece que era excelente fazendo discursos.

Olhe, Terradillos. Acho que Graciela pôs Bevilacqua debaixo de suas asas menos para protegê-lo do que para ter algo para proteger. Quem os via juntos dizia que eram um casal de sonho, mas os mais atentos vislumbravam nessa união a da presa na carne. Bevilacqua estava sozinho no mundo, Bevilacqua desconhecia os perigos da vida, Bevilacqua não tinha experiência nas estratégias humanas. Graciela se gabava de ser especialista em tudo isso. O espanto de Bevilacqua lhe parecia divertido, como quem vê uma mariposa atrás de uma janela que o coitado do bicho não consegue perceber. Eu diria que se casou com ele para ver como ele se chocava contra o vidro.

Casaram-se, compraram um apartamento em Boedo, terminaram a faculdade, começaram a trabalhar, ele dando aulas num colégio do bairro, ela como assistente em não sei que disciplina da faculdade. Que banal!, você dirá. Banal, mas para quem lê a história com um olhar retrospectivo, cada decisão, cada gesto, cada passo, como expliquei, contribuem para o *grand finale*: tambores, *Glockenspiel* e címbalos.

Parece que Graciela começou a organizar reuniões depois das aulas, na própria faculdade. Um sindicalista qualquer, algum companheiro de estrada, um par de intelectuais uruguaios, um nebuloso escritor provinciano faziam parte do grupo que tinha o previsível nome de Espártaco. Ela começou a voltar tarde da noite, enquanto Bevilacqua ia se deitar sozinho, deixando para ela, na mesa da cozinha, meia porção de bife à milanesa e batatas fritas compradas no restaurante da esquina. Durante as longas férias de verão, quando Bevilacqua propunha uma ou duas semanas em algum balneário menos movimentado que Mar del Plata, Graciela dizia que precisava ficar na capital por algum motivo do grêmio, e Bevilacqua então pegava dois romances policiais e ia para Necochea, Los Pinitos, Miramar, sem reclamar de nada.

Num desses verões, voltou um dia antes do previsto e encontrou Graciela de camisola preparando um café com leite para um de seus companheiros uruguaios. Nenhum dos três se alterou, e Bevilacqua sentou-se à mesa para que Graciela também o servisse. Depois, os atrasos de Graciela se tornaram mais frequentes. Às vezes Bevilacqua não a via por vários dias e, ao voltar do trabalho, encontrava-a na cama às seis da tarde, dormindo profundamente.

Bevilacqua tinha o que eu chamaria de uma visão coesiva da realidade. Quero dizer que, a partir de um monte de elementos dispersos, de dados parciais, ele era capaz de construir um cenário coerente e verossímil, uma espécie de argumento lógico com seus personagens principais e secundários, com suas intrigas e seu desenlace. Dos sinais imperfeitos que Graciela ia deixando (o café da manhã do uruguaio foi, acho, o mais decisivo), Bevilacqua foi construindo os romances de sua mulher com todos os seus escabrosos e prováveis detalhes. Às vezes seu amante era um velho sindicalista barrigudo e bigodudo, às vezes um jovenzinho que mal começara a se esmerar nos cuidados com sua barbicha. Certa vez foi o padre operário de braços musculosos sob a batina, outra um obstinado professor de direito que usava brilhantina. Um dos fantasmas mais persistentes foi certo escritorzinho anônimo de Río Gallegos ou Rawson, cujo livro de versos (acho que se chamava *Marzo rojo*) descobriu um dia na mesa de cabeceira de Graciela. "Mas eu só gosto de você", dizia ela. E Bevilacqua acreditava.

Certa manhã, decidiu segui-la. Graciela lhe dissera que iria a uma manifestação no centro, perto do Obelisco. Ia sair cedo para encontrar-se primeiro com uma delegação do Caribe, "irmãos das outras Américas", parece que ela disse, contagiada por esse jargão político que macula até as melhores intenções. A manifestação estava marcada para o meio-dia. Quando Bevilacqua chegou, viu que um pequeno grupo reunia-se diante das vitrines da Casa Gold. Primeiro pensou que nunca a encontraria na multidão que ele imaginava gigantesca, como se via nos noticiários. Mas descobriu-a de imediato, no meio de umas vinte ou trinta pessoas, ajudando dois adolescentes a levantar um cartaz. Um velhinho de boina se aproximou e lhe estendeu a mão.

"Obrigado por se unir a nós, companheiro", disse o velho.

"Estou com ela", respondeu Bevilacqua, como quem se desculpa.

"Com Graciela?", riu o velho. "Que Deus o ajude!"

Esperaram um pouco para ver se o grupo aumentava, mas não chegou mais ninguém. Então Graciela deu a ordem de avançar.

Bevilacqua sentiu-se barbaramente incomodado, marchando com os outros pela Diagonal, enquanto nas calçadas os pedestres paravam para observá-los e lançar-lhes, vez por outra, algum comentário infame ou animador. Bevilacqua tentou manter os olhos fixos em Graciela, que agora liderava a manifestação entoando um slogan inofensivo. Quando chegaram ao Cabildo, um batalhão da cavalaria avançou por uma rua lateral e cortou-lhes a passagem. O grupo se deteve, mas Graciela seguiu em frente. Por um instante enfrentou sozinha a polícia montada; logo depois, os outros a seguiram.

Bevilacqua não sentia medo. Essa era sua primeira manifestação, a primeira vez que fazia parte de algo maior que ele mesmo, confundindo-se com os outros, cantando com os outros, movendo-se com os outros. Estava fazendo o que o grupo fazia, sem ter de prestar contas a ninguém, sem assumir nenhuma responsabilidade por seus atos. E sentiu-se feliz, anônimo e livre, entende?, escolhido pela mulher que liderava todos, sua Graciela.

O primeiro golpe foi um som, vindo não se sabe de onde ou como. Depois uma confusão de cacetadas e coices, relinchos e gritos, a sirene de um carro de polícia. Viu o estandarte cair, a garupa enorme de um cavalo, a mão de alguém coberta de sangue. "Corram!", ouviu ao longe, e sentiu uma dor forte no ouvido. Viu Graciela escapulindo entre dois cavalarianos e a seguiu.

De repente, sentiu que o agarravam pelo braço e o arrastavam para um café. Deixou-se arrastar. Graciela obrigou-o a sentar-se e apertou um maço de guardanapos sobre sua orelha esquerda. Quando o garçom se aproximou, pediu, impávida, dois cafés e um copo d'água. O garçom trouxe o pedido e Graciela mergulhou outro maço de guardanapos no copo.

"Isto aqui não é um ambulatório", disse o garçom.

"Vá à merda", respondeu Graciela. "E traga outro copo d'água para esse senhor."

Bebeu o café de um trago e pôs um pouco de dinheiro na mesa.

"Parabéns", disse a Bevilacqua. "Nada mau para a primeira vez."

E com isso se levantou e foi embora. Bevilacqua nunca mais a viu.

Agora me ocorre que a vida de Bevilacqua foi apenas um esboço de vida. Em termos literários, não passa de uma compilação de fragmentos, de retalhos, de episódios inconclusos. Qualquer um deles serviria para dar início a um grande romance de mil páginas, profundo e ambicioso. Em compensação, a biografia que lhe conto é bem ao estilo do personagem: indecisa, indefinida, inepta. É como eu avisei no começo: não sou eu quem deveria estar lhe contando essas coisas.

Mas promessa é dívida. Depois do desaparecimento de Graciela, ele morou sozinho no apartamento em Boedo, dando aulas durante o dia e escrevendo algum roteiro à noite. Viu Babar esporadicamente, e ambos comprovaram que já não tinham nada a dizer um ao outro. Na última vez que se encontraram por acaso na rua, cada um seguiu seu rumo sem nem se cumprimentar.

Uma tarde, Bevilacqua cruzou com um dos uruguaios no café da esquina de sua casa, e não puderam evitar sentar-se à mesma mesa. Desanimados, falaram de futebol, do preço da média e, fazendo de conta que estavam comentando a saúde de uma doente, falaram dos vagos rumores do que acontecera com Graciela depois da manifestação.

"Os médicos têm a mão em tudo. Nem morrer tranquilo mais a gente pode."

"É dos enfermeiros que você tem que desconfiar. Esses que seguram você para dar uma aspirina e lhe enfiam um bisturi nas costas."

"Você conhece o enfermeiro em questão?", perguntou Bevilacqua. "Tem certeza de que existiu um?"

"Certeza eu não tenho de nada, irmão. A não ser da cova, e até essa eu não sei se vai ser de terra ou de água. Mas que existiu, existiu."

Separaram-se sem apertar as mãos, olhando para o chão. Naquela época, as pessoas caminhavam por Buenos Aires de cabeça baixa, tentando não ver nem ouvir nada, sem dizer palavra. Principalmente, tentando não pensar, porque o sujeito começava a achar que os outros podiam adivinhar seus pensamentos. (Mais tarde, em Madri, Bevilacqua descobriria que podia pensar, mas em meio a um silêncio tão pesado que lhe dava a impressão de estar falando na lua, onde parece que a falta de ar não conduz nenhum som.)

Sem Graciela, a sequência dos dias lhe pareceu penosamente lenta, sem progresso, sem mudança. Tudo girava em torno de um ponto obscuro e remoto. Bevilacqua se deu conta de que fora ela, com sua maneira um pouco brutal, com sua sensualidade descontraída, com suas muitas infidelidades, que dera sentido a cada um de seus gestos, a cada uma de suas palavras. Não estou exagerando. Conto o que ele me deixou entrever. Graciela era seu centro. Sem ela, tudo desmoronava. Perdeu o interesse pelo mundo. Tornou-se indiferente.

Certa madrugada, foi pego na rua por dois homens silenciosos. Dentro do carro que o levou até a prisão, uma etiqueta colada nas portas ameaçava quem tentasse abri-las. Esvaziaram seus bolsos enquanto uma mulher enorme e asmática anotava cada artigo — relógio, caneta-tinteiro, lenço, carteira — num caderno escolar. Depois o deixaram durante horas numa cela sem luz. As sessões só começaram alguns dias depois. Vou poupá-lo dos detalhes.

Não quero descrever esses horrores, e não por desconhecê-los. Bevilacqua me contou tudo, ou tudo o que se pode contar, que nesses casos não é muito. Sob a superfície do que somos capazes de expressar em palavras, jaz essa massa do indizível profundíssima e escura, um oceano sem luz onde nadam criaturas cegas e inimagináveis. Vislumbrei isso durante nossos frequentes encontros, de um extremo a outro de sua crônica, tristíssima. É que Bevilacqua percorreu sua vida pulando capítulos, começando pela conclusão e dali voltando ao prólogo. Começou seu relato no Paraíso, prosseguiu no Inferno e acabou no Purgatório. E nesse Purgatório nem eu nem Andrea nem Quita, nem qualquer um dos outros que depois juraram ter-lhe sido fiéis, foi seu Virgílio. Condene-me, se quiser.

Devia ter se passado quase um ano desde sua chegada a Madri quando Bevilacqua tocou a campainha de meu apartamento, como costumava fazer duas ou três vezes por semana. Era tarde. Eu prometera entregar um artigo no dia seguinte (na época escrevia para uma revista francesa que pagava mais que as miserabilíssimas revistas espanholas), e mal escrevera um ou dois parágrafos. Não tive tempo de dizer nada. Com um olhar mais desgostoso do que de hábito, sentou-se em minha única poltrona confortável e me contou o que acontecera.

Mesmo a distância, na luz cansada do meio da tarde do inverno madrilenho, disse tê-la reconhecido. Pensei que estivesse falando de Graciela, mas a mulher que ele me descreveu era outra: o corpo pequeno montado sobre pernas extravagantemente longas, seu ridículo chapéu formando um bico desmedido. Em Buenos Aires, segundo Bevilacqua, era chamada de *Pájara Pinta*, como nesse versinho que não sei se você conhece:

Estaba la Pájara Pinta
sentada en el verde limón.
Con el pico cortaba la rama,
con el pico cortaba la flor.

Bevilacqua a conhecera durante sua temporada na prisão, quando, sempre com o mesmo chapéu, ia visitar um de seus companheiros de cela, Marcelino "*el* Chancho" Olivares. Você se perguntará como é possível que nessas prisões horríveis houvesse privilegiados. Respondo: é um costume local. *Primo inter pares* no meu país se traduz como "Sempre haverá um preferido". Chancho era um deles. Um cubano exilado na Argentina no final dos anos 1950, antes da Revolução, mistura curiosa de intelectual e homem de negócios, dera um jeito de convencer vários militares a que lhe permitissem investir suas economiazinhas na Suíça. Investiu-as, disso ninguém duvida, mas parece que nessa se serviu de alguns bombons da bandeja.

O caso é que os militares descobriram isso, juraram vingança, foram buscá-lo numa noite escura e Chancho foi convidado a mudar de residência. Mas mesmo na prisão, para que ninguém diga que o exército não reconhece os serviços prestados, Chancho gozou de certos privilégios: visitas da Pájara, livros, tortinhas, cigarros...

Como esse animal e Bevilacqua foram parar na mesma cela, isso eu nunca vou saber. A metodologia doentia daqueles tempos foge à minha compreensão, como fugirá à sua, meu sagaz Terradillos. Porque Bevilacqua não deu explicações. Nem sequer se emocionava ao me contar essas coisas. Sem dúvida, sob a superfície deslizavam correntes escuras, mas juro que eu, ouvinte desinteressado, só pensava num lago tranquilo no qual a gente tem vontade de jogar pedras para provocar alguma onda, alguma agitação... Perguntei-lhe o que havia de estranho em topar em Madri com uma mulher conhecida tempos antes em Buenos Aires.

"Estranho não, impossível", respondeu ele. "A Pájara está morta. Foi morta algumas semanas antes de me deixarem sair. Eu estava na cela quando vieram dar a notícia ao Chancho. Tinham vendado nossos olhos. Mas lembro que um dos homens se aproximou dele e disse. 'Meus sinceros pêsames'."

A revelação de Bevilacqua continuava não me impressionando. Eu tinha o artigo para terminar. Disse-lhe, num tom que me pareceu conclusivo, que ele não podia ter certeza de tê-la visto, a essa distância e com essa luz.

Bevilacqua me pegou pelo braço: "Irmão", disse-me. "Ela me seguiu."

Resignei-me a escutá-lo.

Bevilacqua saíra para caminhar do outro lado da Plaza de Oriente, que, naquele tempo, não era tão cuidada quanto hoje. Fazia frio. Um vento de dar cãibras soprava entre os arbustos juntando papéis sujos entre as raízes. Um ou outro transeunte encapuzado (juro que naquela época ainda era possível ver capas pretas em Madri) passava rente às paredes dos edifícios. Bevilacqua a viu aparecer pelo lado do Campo del Moro. Olhou-a por um bom tempo, apavorado. Então teve início um jogo de perseguido e perseguidor.

Bevilacqua tentou despistá-la se embrenhando nas ruelas ao redor da igreja de San Nicolás. Atravessou a Calle Mayor. Cruzou as várias pracinhas que desembocam no Mercado de San Miguel. Esgueirou-se por alpendres arredios. Em virtude do tempo, ou da hora, ou por ser um dia santo, ou porque assim imaginou Bevilacqua na lembrança, tudo parecia fechado, as lojas, os cafés, os escritórios. Tudo conspirava para que ele ficasse sozinho. Só se ouviam o vento e os saltos da Pájara sobre os paralelepípedos. Bevilacqua já não sabia o nome das ruas por onde fugia. Teve a impressão de cruzar várias vezes a mesma praça, voltar sobre seus passos, subir uma ladeira que tinha certeza de ter descido minutos antes. Cada cena voltava a se repetir, monocromática: as pedras pretas, a névoa acinzentada, os postes de luz marfim. Teve a impressão de que sua fuga estava acontecendo no passado, que em vez de fugir no espaço estava recuando no tempo. E cada vez que ele se virava, lá estava, recortado contra a luz do entardecer, o ornitológico e perseverante vulto. Por fim desembocou na Plaza de las Cortes, reconheceu a escadaria e as colunas, e soube que estava perto de minha casa.

Digo "minha casa" porque era assim que ele a chamava quando eu morava lá, mas agora o edifício, com suas sacadas e janelas, seu portão de entrada que na época ainda necessitava dos serviços do guarda-noturno, sua calçada para sempre tingida com o sangue de Bevilacqua, pertence a ele. Se eu fosse supersticioso, diria que se trata de um caso de possessão diabólica, como aquelas contadas nas crônicas medievais, pois aquele lugar que foi meu por tanto tempo agora é habitado pela lembrança dessa figura lânguida, melancólica, persistente. Acho que previ, durante suas longas confissões, esse desenlace inevitável: que Bevilacqua se apropriaria, no fim das contas, de tudo o que era meu.

Contudo, consegui acalmá-lo. Sugeri que voltasse ao apartamento de Andrea e que não a inquietasse com suas histórias fantásticas. "Essas coisas", disse a ele, mais por cansaço que por convicção, "se ajeitam sozinhas, depois de um bom descanso." Minha generosidade me permitiu aconselhá-lo a se consolar nos braços da pequena.

Porque Bevilacqua também se apropriara de Andrea. Andrea, o braço direito de Quita, devia ter uns vinte e cinco anos na época. Sua mãe, leitora fiel de literatura espanhola, dera-lhe o nome de Andrea em homenagem à heroína de *Nada*, e é verdade que havia em Andrea algo daquele personagem rebelde e sensual do romance. O interesse literário de Andrea (porque ela o tinha) tendia, no entanto, para a literatura do Novo Mundo, e quando nos conhecemos não sei se foi meu físico ou meu passaporte o que a seduziu.

Andrea era do tipo *mignon*, de cabelos lisos, curtos, com algo de coelho angorá, olhos árabes por trás dos óculos de armação azul. Naquela época, minha sexualidade era mais eclética do que hoje: a juventude gosta de experimentar tudo. Confesso que me apaixonei por ela no ato, como quando a gente escolhe ser seduzido por um viajante anônimo numa escada rolante, um rosto escolhido ao acaso entre os muitos da fila da frente.

Terradillos, meu amigo: contei-lhe que conheci Bevilacqua depois de eu já estar há um bom tempo instalado em Madri. Devia fazer alguns meses, então, que Andrea e eu saíamos juntos. Eu tinha alguns anos a mais que ela; Bevilacqua, como já disse, uns dez a mais que eu. Ele era alinhado, espigado; eu sempre fui um pouco balofo e sofro de deselegância crônica. O garbo e a idade venceram. Andrea sentia que Bevilacqua tinha mais prestígio, mais estirpe. É verdade que, além dos consabidos olhos de carneiro degolado, uma mecha de cabelos brancos lhe dava um aspecto aristocrático, transformando-o, assim, naquele personagem que as garotas da idade de Andrea (caso se interessem por literatura latino-americana) comparam com um Bioy Casares ou com um Carlos Fuentes para consumo local. Sobre a escrivaninha dela, decorada com uma imparcial falta de gosto com plantinhas tropicais e bichos de pelúcia, descobri um dia a foto emoldurada de um Bevilacqua na casa dos vinte, com boina afrancesada, braços cruzados e cara de profeta esperando sabe-se lá o quê. Diante de tal concorrência, retirei-me honrosamente. Acho que Bevilacqua nunca soube com que generosidade eu lhe cedi meu lugar.

Primeiro Andrea introduziu Bevilacqua nos pequenos círculos artísticos que começavam a surgir em Madri, em porões escuros e cheios de fumaça que imitavam, bem ou mal, a *vie bohème* de Saint-Germain-des-Prés de vinte anos antes. Depois começou a sugerir a Bevilacqua certa forma de se vestir que o distinguisse, dizia ela, da massa sombria do povo, e como Bevilacqua tinha horror a lojas de roupas, ela mesma acabou lhe comprando paletós de *tweed* e gravatas de seda colorida. Por fim, decidiu que Bevilacqua devia ir morar com ela. Mais ou menos à força, levou os poucos pertences dele para seu apartamento de Chueca e até se ofereceu para pagar ao Holandês Errante os poucos meses que faltavam em seu contrato. Andrea dividiu o armário em dois, concedeu a Bevilacqua a parte maior (embora ela tivesse dez vezes mais roupa) e montou uma mesinha num canto para que ele pudesse ensartar com comodidade suas contas coloridas. Discretamente, junto da caixa de ferramentas, colocou um abajur de leitura, uma resma de papel e uma Olivetti portátil.

Porque, desde o primeiro dia em que Bevilacqua lhe foi apresentado, Andrea se propusera que o escritor (de fotonovelas, pouco importava) voltasse a escrever. Esta seria sua missão: resgatar da inércia bartlebyiana seu gênio apaixonado. Andrea acreditava fervorosamente nessa obra magnífica, avassaladora, que Bevilacqua sem dúvida levava nos abismos de sua alma, com terror de trazê-la ao mundo. Andrea seria sua parteira, sua guardiã, sua tutora.

Vila-Matas me garante que, nos casos de escritores que não escrevem, costuma aparecer um personagem que se recusa a aceitar esse silêncio criativo e que se empenha em provocar a eclosão daquilo que não consegue expressar-se. Em vez de entender que esse escritor existe justamente em virtude do que *não* produz, acredita, ao contrário, discernir na ausência a promessa de uma obra por vir. A relação de Andrea com Bevilacqua confirma a tese do mestre.

No entanto, os meses se passavam e Bevilacqua não escrevia. Todas as noites ensartava contas; todas as manhãs saía para a Calle Goya, onde desdobrava sua pastinha. Uma tarde ou outra, acompanhava Andrea a uma leitura de poesia ou à abertura de uma exposição, onde se entediava resignadamente. Mas, para grande inquietação de Andrea, a resma continuava incólume e a Olivetti fechada.

Um dia, quando Bevilacqua tinha saído para vender suas bugigangas, Andrea resolveu fazer uma faxina no apartamento e, ao tirar um monte de malas e caixas do armário, notou no fundo a velha sacola da Pluna que Bevilacqua tinha trazido de Buenos Aires e na qual despontava a manga de uma camisa. Pensando que Bevilacqua esquecera ali alguma roupa que precisava ser lavada, Andrea esvaziou a sacola e descobriu no fundo um pacote retangular embrulhado num plástico. Abriu-o. Era uma pilha de folhas escritas à mão; a primeira tinha por título: *Elogio de la mentira*. Nem essa nem a última página estavam assinadas.

Como se pode imaginar, Andrea devorou o manuscrito de uma sentada. Quando terminou de ler, os sinos de Santa Bárbara anunciavam as seis da tarde. Apressadamente, Andrea devolveu tudo ao armário e se dirigiu ao Martín Fierro, levando junto o romance. Lá ela o trancou à chave numa gaveta de sua escrivaninha. (Lembro-me perfeitamente dessa escrivaninha, dessa gaveta, dessa chave!)

Embora os detalhes do plano de Andrea tenham sido forjados lentamente, a ideia principal lhe ocorreu de imediato, assim que leu os primeiros parágrafos. Bevilacqua era escritor, como ela sempre suspeitara. Nada de fotonovelas ou tolices semelhantes. Escritor de verdade, autor de uma obra-prima. Porque *Elogio de la mentira* era (é, você que leu já sabe) um grande romance.

Já sei que você está pensando nessas resenhas depreciativas que, como era de se esperar, tentaram fazer pesar o outro lado da balança. Eu também li as resenhas céticas e mal-humoradas de um punhado de críticos descrentes, entre eles Pere Gimferrer em Barcelona e Noé Jitrik em seu exílio mexicano. Eu as li e garanto: não afetaram em nada meu julgamento original. Tampouco afetaram o julgamento de Andrea, o que não é pouca coisa. Porque se Andrea podia se gabar de algo era de conhecer a literatura, a boa literatura. Ela gostava, é verdade, das obras menores, desses romances bem escritos, por que não?, agradáveis, que encurtam uma viagem ou distraem uma noite. Mas uma obra de gênio é outra coisa, como Andrea sabia muito bem. E essa que ela acabava de ler pertencia ao Olimpo restrito e absoluto, a essa estante que Andrea reservava só para livros sem os quais, como alguém disse certa vez, "o mundo seria mais pobre". *Elogio de la mentira* não podia continuar oculto. Ninguém tinha o direito de privar o mundo de semelhante beleza. Andrea (essa pequena mulher é uma *force de la nature*, como você diria, Terradillos) seria seu porta-voz, seu estandarte. Faria com que fosse lançado com confete e serpentina. Se preciso, o distribuiria de mão em mão, para que o lessem os poucos luminares que naqueles dias começavam a despontar no firmamento sombrio da Espanha. Bevilacqua seria lido nos cantos mais remotos do globo. Andrea sentiu-se possuída por uma espécie de febre evangélica. Se tivesse me consultado naquele momento, eu teria aconselhado prudência, reflexão. Mas ela não o fez. Em vez disso, consultou Camilo Urquieta.

Eu esqueço que você não conheceu essas pessoas. Jovem como é (me desculpe, Terradillos, mas na minha idade qualquer um com menos de meio século nas costas é moço), você não sabe quem é toda essa gente tão famosa naqueles dias. Urquieta foi (digo "foi" porque ele morreu há alguns anos, pobre velho) o arquetípico *eterno editor*. Há os que encarnam seu *métier*: são cem por cento carpinteiros, violonistas, banqueiros, poetas em sua essência mais íntima. Nunca deixam de ser isso: foram-no no ventre de sua mãe e serão depois do último suspiro, pó entrosado, como se diz, parte de nossa atmosfera. Diariamente, caro amigo, respiramos cinzas militares, pedicures, rameiras e, por que não, as cinzas editoras de Camilo Urquieta.

Vou lhe contar uma coisa. Urquieta nascera em Cartagena, detalhe que só deixava vir à tona quando se tratava de enfrentar algum autor murciano. Logo se mudou para Madri. Primeiro sob o Caudilho, depois nas décadas da lenta mudança, por fim hasteando as bandeiras da *movida*, Urquieta soube inventar um lugar ao sol para si mesmo no mundo das letras. Editor precoce de Hugo Wast e de Chardin, mais tarde de um *Santo Tomás resumido*, de manuais de urbanidade como *El niño cortés* e *La buena educación*, e de uma cautelosa *Introducción a la teosofía*, traduzida por Zenobia Camprubí, de repente passou a publicar a obra de vários jovens escritores latino-americanos que estavam dando as caras no mundo. Finalmente adquiriu notoriedade com uma coleção de literatura levemente erótica que foi como uma prova de que nada mais nesta Espanha era como antes. Urquieta soube intuitivamente o que publicar, em que momento e de que maneira e, sobretudo, quando vender tudo e começar de novo. Há pelo menos meia dúzia de editoras que ainda existem por aí e que foram incubadas por Urquieta. Nos anos de que estamos falando, Urquieta dirigia uma, *Azufre* era seu vigoroso nome, que se atrevia a colocar em seu catálogo todos esses poetas que até então, publicados na Argentina e no México, só podiam ser vendidos nos fundos das livrarias espanholas. Pergunte a Ana María Moix, que conhece essa história melhor do que eu.

Andrea conhecia Urquieta porque, no círculo restrito daqueles dias, era impossível não conhecê-lo. E ele, claro, lisonjeado pelo fato de uma moça bonita e inteligente como Andrea buscar seu conselho, ofereceu-o num café escuro ao lado da bodega de Ángel Sierra e que Urquieta frequentava, diziam alguns, porque um de seus poetas, acho que Cornelio Berens, descrevera-o numa ode nerudiana como "um mexilhão grudado na proa de um encouraçado". Havia outros que diziam que nos escritórios editoriais Urquieta corria o risco de receber a incômoda visita de um cobrador.

Nesse café, Urquieta tinha reservada por toda a vida uma mesinha nos fundos. Para alcançá-la (eu também empreendi essa peregrinação!), era preciso descer uma série de degraus invisíveis e andar meio às cegas ao longo de um corredor abarrotado de cadeiras e mesas. Uma vela mesquinha ("dá tom ao ambiente", dizia o dono, que era de Salamanca) iluminava de má vontade a face lisa e cremosa, como o papel de uma edição de luxo, do editor. Urquieta, não sei se eu já disse, era imberbe e usava uma peruca de um realismo que não convencia muito. Mas nada podia ocultar a falta de sobrancelhas e de cílios e, na penumbra, tínhamos a desagradável sensação de estar enfrentando alguém não totalmente humano.

Não sei, claro, o que eles conversaram, mas imagino (imagine comigo) as perguntas ansiosas, apaixonadas da pequena Andrea, "toda fogo, toda chama", como vocês, franceses, dizem, e as respostas solenes, sabichonas, de Urquieta, brincando de ser em parte Père Goriot, em parte Casanova. Andrea deve ter lhe falado do achado, da necessidade de ocultar do autor o destino de seu livro. Urquieta, caidinho mas precavido, deve ter pedido um tempo para estudá-lo e dar sua opinião.

O resto da história você conhece. A decisão de Urquieta de publicar *Elogio de la mentira*. Os rumores que começaram a correr sobre o secreto e futuro *best-seller*. A ansiedade para ser um dos primeiros a lê-lo. A ocultação das provas de prelo. As suspeitas em torno do nome do autor encoberto. As matérias de fofocas. As previsões invariavelmente equivocadas. Apesar de ser dezembro e de as pessoas estarem concentradas nas compras festivas, *tout Madri* parecia preocupada somente com um assunto.

Por fim, a esperada tarde. Por volta das sete, no espaço mínimo e superaquecido da Antonio Machado, começaram a se reunir os poucos, mas importantes, convidados, em número certamente maior do que costumava (e costuma) comparecer a esses lançamentos, que naquela época eram quase inauditos. Meu convite chegou um dia antes. Primeiro pensei em não ir, porque naquela mesma noite ia voltar a Poitiers por alguns dias, para assistir a um seminário que pouco me entusiasmava. O que seria dessa vida sem esse fluxo constante de obrigações descartáveis, de compromissos sem graça, de vocações frustradas? Nem me fale!

Terradillos, vou descrever a cena. O convidado de honra, invisível. Andrea, na porta, procurando-o ansiosamente. Os dois ou três jornalistas, impacientes. Berens fazendo piadas sobre a conhecida modéstia das estrelas. Quita envolta em seu casaco de pele, irritada como uma fera, perguntando a Tito Gorostiza se ele não sabia mesmo o que havia acontecido com nosso Alejandro. Gorostiza carrancudo. Por fim, Urquieta anunciou que não podiam continuar esperando.

O evento foi aberto por uma atriz que estava começando a se destacar na cinematografia da península, lendo algumas páginas do romance. O público, a princípio hesitante, começou a escutar com um prazer cada vez maior e, no final, explodiu em aplausos. Depois Urquieta falou. Como era de se esperar, aludiu às novas vozes do mundo novo, à dívida linguística que o Rio da Prata pagava ao berço de Cervantes, à inspiração nascida nos lendários pampas, entre o Eldorado e a Terra do Fogo, e concluiu citando vários nomes do catálogo da *Azufre* que (disse ele) já são literatura. Novos aplausos. Nisso, Bevilacqua apareceu.

De braço dado com Andrea, mais puxado que guiado, subiu no estrado. Urquieta apertou sua mão, virou meio corpo para que o fotógrafo pudesse fotografá-los juntos e, com uma espécie de reverência, afastou-se para lhe passar a palavra. Bevilacqua olhou para o microfone como se fosse um bicho estranho, piscou, ergueu a vista para o fundo da sala, procurou Andrea com o olhar, encontrou-a atrás dele, voltou a olhar para a frente. Com dificuldade, acendeu um cigarro.

Não há nada mais longo que um silêncio público; o de Bevilacqua deve ter durado pelo menos cinco infinitos minutos. Nós todos ficamos esperando, surpresos, mais incomodados por ele do que por nós. De repente, como se algo o tivesse golpeado no rosto, baixou os olhos, desceu do estrado, abriu caminho entre o público e fugiu correndo pela porta de entrada. Digo que fugiu porque foi essa a impressão que todos tivemos. De um animal em fuga.

Umas poucas palavras de Urquieta encerraram, bem ou mal, o evento. Era óbvio que até ele, um imperturbável mestre de cerimônias, estava desorientado. O comportamento de Bevilacqua tinha sido tão insólito, tão inaudito, que todos nós (eu também, claro) nos sentimos unanimemente espantados, desapontados, como se quem tivesse fugido fosse outro. Aproximei-me de Andrea para lhe perguntar se ela sabia o que tinha acontecido. A coitada estava à beira das lágrimas e, sem me responder, tentou esconder o rosto. Tito Gorostiza, sempre tão cavalheiro, dirigiu-lhe algumas palavras de consolo, enquanto metia no bolso duas das garrafas de xerez que Urquieta (um bom homem de negócios sabe quando ser generoso) havia aberto como preparação do brinde final. Berens, que sempre está em todas, juntou-se a nós e, com aquela sua cara de lagartixa, veio com a ladainha:

"Suponho que esses são os modos da vanguarda, não? A grosseria como estilo literário. E eu que pensei que a Espanha estivesse livre dessas criancices meridionais! Porque eu sei o que vai acontecer: essa descortesia será interpretada como um manifesto revolucionário, vocês vão ver. Viemos de um país onde ninguém se surpreende se um artista se mete a fazer política, 'a mais mesquinha de todas as atividades humanas', como dizia um de meus compatriotas. Mas por que cagar também no ninho novo, vocês podem me dizer?"

"Berens, você mesmo não esteve metido com política?", perguntou-lhe Paco Ordóñez, que estava começando na EFE. "Não foi por isso que o prenderam?"

"*Sempre pode haver um trevo/ que, em meio ao mato agreste,/ mesmo sendo igual na terra,/ difere por sua coragem.* Eu lhe ofereço a citação de graça. É de minha própria lavra", respondeu Berens.

Não sou insensível à dor alheia. Notei que Andrea continuava inquieta. Era óbvio que queria ir embora. Sem me despedir de ninguém, peguei-a pelo braço e a levei até a rua. Não opôs muita resistência. Poucas quadras depois, encontramos um café. Quando se acalmou, perguntei-lhe o que havia acontecido. Respondeu-me, coitadinha, que não sabia, que Bevilacqua parecia ter se assustado de repente, que estava se achando culpada por não tê-lo consultado, que pensara que a publicação o deixaria feliz, que fizera aquilo só por ele, para que seu gênio fosse reconhecido.

Disse a ela que assim seria. Eu não tinha dúvida de que *Elogio de la mentira* era uma obra importante.

"Se você diz", disse-me, com um tom que, a meus olhos, predispostos ao enternecimento, transformou-a subitamente numa menina. Não é comovente a fé absoluta dos apaixonados? Anos depois, a voz de Andrea continua me dando a *chair de poule*.

Respondi que sim, claro, que eu pensava isso, essa era minha opinião profissional. "Claro que sim", garanti a ela. "A crítica vai apoiá-la. E você sabe como eles em geral são duros. Mas nesse caso serão moderados, tenho certeza."

Paguei e saímos. Outra vez uma neblina gelada dificultava o abarrotado tráfego e foi aos tropeços que a acompanhei até sua casa. Pensativo, voltei para a minha.

Bevilacqua estava na porta da rua, a ponta de seu cigarro como um farol na neblina. Vigiava-o, nervoso, o guarda-noturno. Minha tarefa, naquela noite, foi a de apaziguador de ânimos. Você me conhece, Terradillos. Sabe como eu sou. Como eu era na juventude. Tentei acalmar os dois.

Nem bem entramos em minha casa, Bevilacqua começou a me contar tudo. A descoberta de Andrea o contrariara profundamente, e ver o livro impresso, assim, de repente, mergulhara-o num pesadelo no qual não tinha poder sobre seus próprios atos. Lembrei-lhe da advertência de Freud, de que nada é acidental, de que aquilo que acontece conosco já está em nós. Mas Bevilacqua não estava ofendido nem com raiva. Sentia-se simplesmente perdido, atônito, incapaz de expressar-se (e me dizia isso sem parar de falar, claro). Lá em cima do estrado, diante daquele público ansioso, cercado à direita por Urquieta, que o aterrorizava, e à esquerda por Andrea, de quem gostava mas de quem também tinha medo, o coitado não soubera o que fazer, o que dizer. Então os viu. Ele e ela. Os dois. Ali na sala. No meio de todos. Sorrindo. Ele, com seus nefastos óculos escuros. Ela, com seu chapeuzinho.

"Quem?", perguntei desnecessariamente.

"O Chancho e a Pájara", respondeu. "O Chancho Olivares e a Pájara Pinta."

"Outra vez com seus fantasmas zoológicos, Bevilacqua", eu disse para tranquilizá-lo. "Mas a Pájara não estava morta? E o Chancho, como você o chama, não estava preso por ter dado um calote num militar? Imagine se iam deixá-lo sair andando."

"Não sei como explicar isso", disse-me, "mas eles estavam lá."

"Bom", disse eu, apressado porque meu trem saía em poucas horas. "Tudo bem. Vamos supor que fossem eles. Vamos supor que o túmulo não a reteve e que as barras da cela não bastaram para ele. Por que você se importa com isso? Ninguém está culpando Alejandro Bevilacqua por suas desgraças."

Bevilacqua me olhou apavorado, contorcendo os longos dedos amarelos como se estivesse se lavando. "Irmão", suplicou-me. "Você está indo para a França por alguns dias. Não me deixaria ficar aqui, em sua casa, somente neste fim de semana? Prometo não tocar em nada. É que não me sinto com ânimo para enfrentar os jornalistas, Andrea, Urquieta nem..." Não terminou a frase.

Eu tenho, você sabe, coração mole, o que posso fazer... Um conhecido me pede algo e eu não consigo dizer não. Além disso, falando francamente, eu não gostava da ideia de deixar a casa vazia por mais de algumas horas. Ouvira falar de vários roubos no bairro que sempre aconteciam quando os moradores estavam viajando. Desconfio que o guarda-noturno lhes servia de informante, mas, claro, era impossível conseguir provas de qualquer coisa. E Bevilacqua, sem dúvida, era um homem cuidadoso. Concordei. Juro que ele me abraçou com lágrimas nos olhos e, se eu permitisse, ele me beijaria. Peguei minha mala, dei a ele uma cópia da chave e deixei que me acompanhasse até a porta.

Terminei meu seminário dominical (pouca gente; na França, de dezembro a março, ninguém se interessa por nada) e peguei o trem de volta para Madri. Com olheiras, com Ávila despontando na janela e meu café com leite entornado alegremente no pires, abri o jornal oferecido pelo garçom e li a terrível notícia. Bevilacqua estava morto. Era uma terça-feira. No domingo de manhã, dizia o jornal, um madrugador havia topado com uma poça de sangue congelado. Uma foto mostrava o guarda-noturno apontando para a minha sacada com um dedo acusador. O artigo não dava detalhes; em compensação, demorava-se sobre a ironia da fama que havia coroado o novíssimo autor tão pouco tempo antes de seu trágico fim. Citava Urquieta, para quem a nova literatura acabava de perder uma de suas melhores vozes. Na mesma página, aparecia um anúncio no qual a editora Azufre lembrava ao público os méritos de *Elogio de la mentira*. Reli a nota várias vezes. A morte próxima sempre tem algo de inacreditável.

Ao chegar em casa, o guarda-noturno, com evidente satisfação, avisou-me que a polícia queria falar comigo. Pouca gente gosta da polícia. Os suíços, os ingleses gostam. Eu não. Com um mal-estar crescente, comecei a andar pela casa que já não sentia como minha. Atos de violência alienam o que é nosso e, além disso, nesse caso havia rastros de Bevilacqua em cada cômodo, em cada móvel. Na mesa da copa, os restos de um jantar frugal. No sofá (eu, que mantenho tudo tão organizado), um colete, várias camisas e uma toalha. A cama por fazer. Juro que senti que jamais poderia voltar a dormir naquele colchão, sobre aquele travesseiro, como se o pobre Bevilacqua tivesse morrido ali, entre meus lençóis. Pouco depois, fui até a sacada, cuja balaustrada pareceu-me agora perigosamente baixa. Pela primeira vez na vida senti vertigem.

Resignei-me ao pior: desconforto, incerteza, insônia. Desfiz a mala, coloquei as coisas de Bevilacqua na dele (que, como um cão fiel, esperava a volta do dono num canto) e passei o dia limpando o apartamento de cima a baixo com Ajax. Nessa noite dormi mal.

Deviam ser oito da manhã quando a campainha tocou. Não achei meus óculos na mesa de cabeceira e fui tateando até a porta. Incomodado, vislumbrei duas formas vaporosas. Uma era a careca miúda do guarda-noturno. A outra se apresentou como o inspetor Mendieta, da equipe de investigação. Pedi ao inspetor que entrasse, desculpei-me por ainda estar de pijama e fechei a porta na cara do guarda-noturno.

Você, Terradillos, que tem a vista boa, não imagina como é desconfortável falar com alguém cujos traços nos aparecem sem definição. A esse desconforto se unia o caráter paradoxal do inspetor Mendieta. Mesmo sem óculos, soube que ele era cordial e ameaçador, barrigudo e bigodudo, como um Papai Noel mexicano. Como se estivéssemos em sua casa e não na minha, pediu-me que sentasse.

Eu diria que quase me decepcionei por ele não ter sido mais severo comigo. Fez poucas perguntas, óbvias (por que Bevilacqua estivera em minha casa, qual era o estado de espírito dele ao nos despedirmos, se acontecera algo insólito com ele nos últimos dias de sua vida), e me perguntou se eu ia ficar em Madri nas próximas semanas. Depois deu uma volta pelo apartamento e se demorou vários minutos na sacada, sem dizer nada. Voltou a sentar-se.

"A grade da sua sacada é muito baixa, não?", disse de repente.

"Não é só a minha", respondi. "Todas as sacadas têm as

mesmas grades. É parte do desenho. *Art nouveau*", expliquei. Minha visão nublada me perturbava muito, e o fato de eu perceber minha perturbação me perturbava ainda mais. Comecei a discutir o *art nouveau* de Madri e a compará-lo com o de Barcelona. Como se não me ouvisse, o inspetor Mendieta se levantou e foi de novo até a sacada. Eu me calei. Quando nos despedimos, senti-me acusado, sem saber de quê.

Eu estava lhe dizendo, amigo Terradillos, que a morte próxima sempre tem algo de inacreditável. Sim, mas também algo de sólido, de material. As mortes que acontecem pelo mundo afora, as centenas de milhares de mortes que nos inundam a cada dia, são insubstanciais em seu vasto anonimato. A do amigo arranca de nossa intimidade algo que nos pertence, algo a que pertencemos. Acho que me expressei com clareza: eu não gostava de Bevilacqua. No entanto, o fato de ele ter morrido ali, em minha casa, debaixo do meu nariz momentaneamente ausente, doía-me como um dente arrancado, como um dedo mutilado. Agora faltava algo em minha vida rotineira, algo repetido, um pouco insosso, um pouco aborrecido e irritante: a sombra alta, magra, cinzenta e pesarosa de Alejandro Bevilacqua.

As semanas seguintes foram difíceis para mim. Escrevi algumas notas para os jornais, continuei lendo áridos volumes de pesquisa para meu livro, continuei a visitar a aprazível sala de leitura da Biblioteca Nacional, mas agora eu fazia essas coisas como um manco, um vesgo, esperando inconscientemente que a porta se abrisse e que uma voz muito conhecida começasse a me contar algum episódio tedioso de sua vida.

Bevilacqua foi enterrado no cemitério de La Almudena, um lugar, digamos, inapropriado, cuja vetusta monumentalidade não combinava com o personagem. Já esteve lá? Anjos de pedra, urnas quebradas, falsa decadência e ruína para simbolizar de forma exagerada uma verdadeira ruína e a decadência da carne: para Bevilacqua, tudo aquilo teria parecido trivial. *Uma vez caminhei sobre os Andes*, deveria rezar seu epitáfio. Mas só aparecem seu nome e suas datas.

A decisão de que sua última morada fosse em La Almudena coube a Urquieta, claro. Sob uns convencionais ciprestes, o editor repetiu (com honrosas modificações) o discurso do lançamento do livro. A carne permanece, a letra ganha asas. Se você procurasse um exemplo nesta terra do *sic transit*, o funeral de Bevilacqua lhe forneceria um insuperável.

Pensando bem, posso dizer que a cerimônia de La Almudena foi uma paródia grotesca daquela outra, a de poucas semanas antes na Antonio Machado, um *da capo* lúgubre, inquietante como uma sombra. Os mesmos personagens, as mesmas palavras, mas o que então foi uma alegre surpresa diante do êxito de alguém até então incógnito agora era (é o que acho) uma tristeza brutal diante de seu *exit* prematuro. Vejo-os como se os tivesse fotografado. Berens e os outros rapazes do apartamento de La Prospe, fiéis companheiros, de pé junto a uma grande urna quebrada; Quita e aquele rapaz jornalista, Ordóñez, no umbral de um mausoléu lúgubre; minha angustiada Andrea como um desses anjos de pedra empenhados em abraçar as lápides. Estavam lá os curiosos de sempre, anônimos impelidos pelo vício, pelo ócio e pelo prazer da dor alheia. E, entre os desconhecidos, um casal que me pareceu vagamente familiar, ele baixo, mal barbeado, com óculos escuros que apareciam sob a aba de um chapéu de feltro; ela alta e nariguda, coroada com um elmo verde do qual sobressaía uma estriada pena de faisão. Perguntei a Quita, que estava falando com Ordóñez, se ela os conhecia.

Só então notei que Quita mudara de cor. Nunca poderia imaginar que a morte de Bevilacqua fosse afetá-la tanto. Olhou-me como se não me visse, absorta como se estivesse procurando o ausente entre os túmulos.

"São cubanos", disse-me por fim com um suspiro. "Recém-chegados. Ele escreve, ela lê."

Começou a cair uma chuvinha fina. "Um toque literário eficaz", pensei.

Vi que Andrea se afastava entre uma caravana de guarda-chuvas. Apressei-me para detê-la.

"Se você precisar de alguma coisa...", comecei a dizer.

"Se eu precisar, aviso", respondeu-me, com uma rispidez que atribuí à emoção. Pousei a mão em seu ombro e a deixei partir sozinha.

Nas semanas seguintes, tentei ver o grupo do Martín Fierro o mínimo possível. Chega uma hora em que as relações desse tipo, que se devem em grande parte à nostalgia, e em parte à política, acabam sem que saibamos como nem por quê. Algo nessas comunidades exiladas arrebenta os fios, desamarra o centro, e cada um segue seu próprio caminho, cada um por si. Soube que minha temporada madrilenha estava chegando ao fim.

Fiz as malas, empacotei meus livros, paguei as contas pendentes. Passei minha última manhã na cidade caminhando, deliberadamente nostálgico. Ao atravessar a Calle del Pinar, ouvi alguém me chamar. Era Ordóñez. Contei-lhe que estava voltando para a França. Ordóñez fez algum comentário jocoso sobre as virtudes da gastronomia francesa. Despedimo-nos cordialmente e então ele se lembrou de algo que queria me dizer.

"Escute, Manguel. Aquele pessoal no cemitério sobre quem você perguntou para a Quita. Os cubanos. Parece que a polícia está atrás deles. Estou contando isso porque você parecia interessado."

Então eu soube por que os dois me pareceram familiares e lembrei-me da descrição assustada que Bevilacqua me fizera. Comecei a entender que essa coisa, talvez temível, talvez banal, que os unira, o argentino fantasmagórico e seu cubano fantástico, tinha acabado, agora que um deles já não podia contar sua versão dos fatos. Outra dessas histórias que pertencem ao arquivo do silêncio, como se denomina no meu país a crônica da infâmia.

O encontro com Ordóñez me deixou ainda mais deprimido. Afastei-me entre as ruas de La Prospe com suas fachadas ocres e suas calçadas quebradas. Quase sem perceber, vi-me diante do Martín Fierro. Subi. Quita estava sozinha, examinando pastas sobre a escrivaninha da recepção, agora despojada das coisas de Andrea, de suas plantinhas, suas pelúcias, seu retrato emoldurado de Bevilacqua. Fiquei impressionado com seu abatimento, o bronze de sua pele parecia carcomido por um líquen esbranquiçado, um cacho grisalho caindo sobre a testa. Quita, para quem o cabeleireiro era como a missa para os poloneses... Falamos de duas ou três bobagens, e cortesmente lhe pedi que viesse me ver se passasse pela França. Não me atrevi a mencionar o nome do nosso pranteado ausente.

Foi ela quem o pronunciou. Quando eu já estava quase na porta, Quita pôs a mão em meu braço.

“Albertito, não se esqueça de mim”, disse-me com aquele seu costume desagradável de infantilizar os amigos com diminutivos. “Agora que nosso Alejandrucho não está mais aqui... E Titito, que foi embora...”

As reticências exigiam palavras de consolo, mas como eu não ficara sabendo da partida de Gorostiza não soube o que dizer. Confesso que a notícia não me surpreendeu. Sempre julguei a relação entre Quita e o argentino austero discretamente escandalosa. Esses namoricos entre os protegidos e seus mecenas nunca duram. Lembre-se do pobre Tchaikóvski com sua viúva milionária Nadiezhda von Meck.

Coloquei minha mão sobre a dela para consolá-la, mas Quita retirou-a ao primeiro toque, como se tivesse se queimado.

"O inspetor Mendieta foi ver você?", perguntou-me de repente.

Respondi que sim.

"E o que você lhe disse?"

Resumi para ela as banalidades de nossa conversa.

"Ele perguntou de mim?"

"De você?", disse eu, surpreso. "Não, claro que não. Falamos de sacadas."

"Nem de mim, nem do pobre Tito, nem de ninguém mais? Jura?"

Eu jurei.

Então ela me contou isto que vou lhe dizer, e que peço que fique *entre nous*. Não quero prejudicar sem motivo uma mulher tão digna, tão generosa. Quita esteve em minha casa na noite em que Bevilacqua morreu. Acontece que, como ocorreu com todos nós, a conduta de Bevilacqua a inquietou. Sentiu que Bevilacqua estava em perigo, que algo (não se atreveu a usar o clichê do sexto sentido) o ameaçava. E você sabe como são as mulheres um pouco mais velhas: o sentimento materno vem à tona diante do menor percalço, e elas precisam abrigar seus pintinhos sob suas amplas asas. Sabendo que ele estava hospedado em minha casa (porque no reino das letras tudo se sabe), Quita foi vê-lo para perguntar em que podia ajudá-lo. O Bevilacqua que lhe abriu a porta havia empalidecido sob a pele azeitonada, e seus olhos, já por natureza tão escuros, pareciam (segundo Quita) as órbitas de uma caveira. Quita abraçou-o contra o peito, acariciou sua testa. Depois de alguns minutos, teve a impressão de que Bevilacqua não se alegrava de vê-la; além disso, parecia querer que ela fosse embora, pois nem abrira a porta que levava do vestíbulo à saleta. Quita perguntou se os amigos tinham ido ver como ele estava, Bevilacqua não respondeu. Bem, fazer o quê? Quita tem a paciência de uma Griselda, mas também seu amor-próprio. Não insistiu. Porém, antes de ir para o vestíbulo, teve a impressão de ouvir alguém se movendo atrás da porta do vestíbulo. Naturalmente, pensou que se tratava de outra mulher e, com a generosidade que a caracteriza, decidiu lhe dar espaço. A última coisa que disse a Bevilacqua é que se ele precisasse falar com alguém, ela estaria sempre à disposição.

"Foram minhas últimas palavras", repetiu. "Juro."

Assegurei-lhe que ninguém poderia prever o que ia acontecer e que, sem dúvida, perceber que uma mulher como ela se preocupava com sua sorte certamente fora um grande consolo no momento de ele tomar a terrível decisão.

No trem de volta a Poitiers, fiquei pensando na triste história da qual eu fora uma testemunha involuntária ao longo de tantos meses. Quem era aquele homem que conheci sob o nome de Alejandro Bevilacqua? Quem foi aquele personagem contraditório, ao mesmo tempo definido e evanescente, luminoso e opaco? Você, Terradillos, que é escritor (escreve jornalismo, eu sei, mas isso conta), você sabe como é difícil fazer coincidir imaginativamente o artista com sua obra. De um lado, a criação literária que se transforma incansavelmente por meio de nossas leituras e releituras; de outro, o autor, o ser humano com seus traços físicos próprios, suas manias e fraquezas herdadas, seus pequenos defeitos. Cervantes manco, Joyce míope, Stendhal sifilítico... você me entende.

Sem Bevilacqua (quer dizer, se não soubéssemos nada sobre ele, se tivesse morrido anonimamente, naquela prisão militar da Argentina), *Elogio de la mentira* continuaria sendo considerado uma obra-prima, mas de outra maneira, de um modo mais perfeito, mais absoluto, se me permite a redundância. Quer dizer: sem autor estabelecido, teríamos lido o romance como o texto perdido de um Thomas Mann latino, de um Unamuno iluminado com certo senso de humor. Teríamos acrescentado ao fluir das palavras nossas próprias versões desse universo, nossas intuições mais sutis e nossas experiências mais secretas. Porque, mesmo sabendo que aquele ser tão inocente, tão cinzento, tão calmo, foi quem soube retratar com sagacidade nossa época e suas paixões, *Elogio de la mentira* admite mais uma eternidade de percursos. Determinado leitor verá no livro uma comédia, outro uma tragédia lírica, um terceiro uma feroz sátira política, um quarto um canto melancólico ao passado esmaecido. Haverá até mesmo (como eu lhe dizia que houve) leitores cegos ao gênio da obra, leitores que por insensibilidade ou ciúmes sejam incapazes de reconhecer sua singular maestria. Para mim, *Elogio de la mentira* capta (e muito) o mundo que conhecemos através dos olhos de uma testemunha perspicaz e discreta que soube reproduzi-lo em palavras com todas as letras. Veremos se os leitores futuros falarão do basco Unamuno como de um filosófico Bevilacqua, ou de Thomas Mann como o Bevilacqua de Lübeck.

Os personagens daquele drama se esfumaram. Quita foi fulminada por um câncer nos últimos dias do último milênio. De Andrea eu nunca mais soube. Berens, segundo ele mesmo um poeta imortal, ninguém mais recita, nem ele mesmo, hóspede involuntário de uma clínica psiquiátrica em Santander. Gorostiza, como eu descobri bem mais tarde, escolheu seu próprio destino. Dos outros eu não sei.

Só um não desapareceu totalmente. Daqui, de minha casinha na França, ainda vejo aquela figura alta avançando a passos largos pelas calçadas da Calle del Prado, vejo-a deter-se diante de minha porta e subir a meu apartamento, ouço sua voz rouca me cumprimentar e começar a expor sua consabida história, enquanto seus olhos retêm os meus e seus dedos me tomam pelo braço para que eu não fuja nem desabe de tédio e de cansaço. Daqui eu o vejo. E ainda que, como já disse muitas vezes, caro

Terradillos, eu seja a pior testemunha para falar desse personagem, há dias em que me pego, assim de repente, sem aviso prévio, pensando nele, em seu curioso destino literário, nas calúnias que depois foram ditas sobre sua pessoa, nos frutos da inveja e da baixeza.

E digo a mim mesmo: "Alvíssaras. Você conheceu Alejandro Bevilacqua".

2. Muito barulho por nada

Dom Pedro: *Oficiais, que ofensa estes homens cometeram?*
Dogberry: *Com a breca, senhor, deram informações falsas; além disso, disseram inverdades; em segundo lugar, são impostores; em sexto e último lugar, caluniaram uma dama; terceiro, deram testemunho de fatos inexatos; e por fim, são uns bufões mentirosos.*

William Shakespeare, Muito barulho por nada, *V:I*

Alberto Manguel é um imbecil. Não sei o que ele disse a você, Terradillos, sobre o Alejandro, mas ponho a minha mão no fogo como está tudo errado. Manguel é desses que veem uma laranja e depois lhe garantem que é um ovo. Alaranjado?, você pergunta. Sim. Redondo? Sim. Com cheiro de flor de laranjeira? Sim. Como uma laranja? Sim. responde, mas é um ovo. Não, pois para Manguel nada é verdadeiro a menos que ele veja a coisa escrita num livro. Além do mais, só admite o que quer. A menor insinuação, o detalhe mais casual, e ele se lança atrás de qualquer absurdo.

Terradillos, escute isto, você não vai acreditar: num certo momento ele pensou que eu estava dando em cima dele. Você consegue imaginar? Eu? Dando em cima de Manguel? Naquela época o coitado andava, nesse particular, mais indeciso que um cata-vento. Durante as semanas em que me perseguiu, estava convencido de que eu me interessava por ele, e tudo porque eu tinha perguntado não sei que bobagens sobre algum autor argentino. Dava pena vê-lo (bem, em mim não, eu estava cheia daquilo tudo) passando pelo Martín Fierro, me procurando no café, me levando até em casa. Quita o colocava contra a parede. Pelas costas, ela o chamava de Manganilha, sabe? "Lá está o Manganilha", me dizia, "ocupando duas poltronas na sala de espera. Vamos ver se você consegue tirá-lo de lá." Mas não tinha jeito. Só depois que Alejandro e eu começamos a morar juntos ele parou de pegar no meu pé.

Não sei por que Alejandro gostava tanto de ir conversar com ele. Você, como jornalista, deve saber dessas coisas. Eu não. Porque Alejandro contava sua vida um pouco para revivê-la e outro tanto para se gabar. Talvez achasse divertido distraí-lo, como alguém pode se divertir distraindo um cãozinho um pouco tonto. Ou talvez Alejandro fosse vê-lo justamente porque Manguel não escutava o que ele dizia, inventando, em vez disso, histórias estrambóticas na cabeça a partir do que Alejandro contava. De vez em quando, Manguel repetia para mim o que ele jurava que Alejandro tinha falado, e eu ficava olhando para ele, pensando cá comigo: Mas o que foi que esse burro ouviu?

Acho que Manguel tinha essa falta de atenção por causa de tanta literatura. Toda essa fantasia, essa invenção toda de coisas inexistentes, isso só pode acabar amolecendo os miolos do sujeito. Eu devia ter apenas vinte e cinco anos na época, e Manguel menos de trinta, mas eu me sentia mil vezes mais experiente, mais esperta do que ele. Escutava-o e pensava com meus botões: com essa idade e ainda brincando com soldadinhos de chumbo.

Manguel deve ter pintado para você o retrato de um Alejandro abatido, melancólico, não é? Uma vítima consumida por anos de sofrimento e perseguição, e sei lá mais o quê. Bom, é verdadeira, claro, a história de suas prisões, e aquilo não deve ter sido um paraíso. Mas, fora isso, Alejandro era exatamente o oposto de um homem derrotado. Os golpes o animavam, o tornavam mais duro. E isso desde pequeno.

É a mim que você deve ouvir, Terradillos. Eu, que sou da terra de seus antepassados. Eu, para quem Alejandro contou sua vida inteira: a verdadeira, a íntima, a escabrosa. Você deve saber, claro, que ele foi criado pela avó, uma mulher que deve ter sido dura porque precisou lutar sozinha na vida. Tenho pena dela, coitadinha, porque dessas coisas eu entendo um pouco. Sozinha e com uma raposa como Alejandro. Era ela se descuidar um instante e ele já estava metendo a mão em sua bolsa ou levando alguma garota para os fundos da loja, ou fugindo do colégio para ir passar um tempo num cine pornô perto do porto. Uma vez ela teve um problema enorme, pobre mulher, quando o netinho engravidou a filha do farmacêutico. Na época, Alejandro não tinha nem quinze anos, e a garota beirava os vinte. Você consegue imaginar a dona Bevilacqua enfrentando como um carvalho as fofocas dos vizinhos?

Tenho simpatia por essa mulher, sabe?, embora oceanos e décadas nos separem. Sinto que nós duas fomos obrigadas a passar por situações que não escolhemos, e para que alguma coisa nesta vida fosse nossa, nós duas tivemos que brigar por um osso como cadelas. Ela teve que fazer isso ano após ano. Eu, todos os dias. Tanto faz. *Buen jubón me tengo en Francia.**

* Expressão utilizada para zombar de quem se gaba de ter algo que na verdade não lhe serve. Literalmente, "Tenho um bom gibão na França". (N. T.)

Porque, no começo, Alejandro deve tê-la seduzido como me seduziu. Com o mesmo feitiço, o mesmo charme. Ela que o viu crescer, eu que o conheci já crescido; nós duas, tenho certeza, fomos arrebatadas por aquele garbo, aquela presença, aquele fogo que lhe vinha de não sei onde. No meu caso, não sei se eram aqueles olhos que afogavam a gente em suas profundezas, ou aquelas mãos que a gente via e se arrepiava toda ao imaginá-las percorrendo a pele sob a saia, ou aquele pescoço liso no qual dava vontade de fincar os dentes... Para que continuar?

Sempre gostei de homens mais velhos. Você é legal, Terradillos, mas muito jovem. Venha me ver de novo quando tiver os primeiros fios grisalhos. Alejandro era uns quinze anos mais velho do que eu, e isso, quando você tem a idade que eu tinha quando o vi pela primeira vez, é muito. O homem mais bonito que eu já conheci na vida foi meu pai, que descanse em paz. Lá está ele em sua moldura de prata, como merece. Era toureiro, meu pai, não sei se já contei. Eu o adorava.

Nas tardes de tourada íamos, ele, minha mãe e eu, à casa de minha avó paterna, porque lá tinha água quente, e ele podia preparar-se à vontade. Minha avó morava com suas duas irmãs, e as três velhas e minha mãe encarregavam-se de deixar o traje dele pronto e de colocar as toalhas passadinhas na borda da banheira, e o sabão perfumado reservado só para ele. Meu pai entrava no banho e depois de um tempo não era o mesmo homem que saía, mas uma criatura mágica, um ser encantado, trajado de seda rosada com fio de ouro e lantejoulas, bonito como são Estêvão bendito. Nós nos despedíamos dele ("Nunca lhe deseje sorte", advertiu-me minha mãe quando eu mal sabia falar) e eu ia me sentar no chão da sacadinha, com as pernas penduradas de ambos os lados de um barrote entre vasos de gerânios, para vê-lo sair de casa e se afastar, luminoso, pela rua empedrada. Na mesma hora minha avó e suas irmãs punham suas mantilhas e tiravam do nicho a Virgem do Perpétuo Socorro, minha mãe acendia velas e as quatro começavam a rezar rosários e novenas, e assim ficavam até ele voltar.

Nunca foram vê-lo tourear, e nunca se atreveram a ligar o rádio durante suas ausências. As horas passavam, eu as olhava rezando ou me distraía vendo santinhos, até que chegava o momento de me instalar de novo em meu posto na sacada, para vê-lo no fim da rua onde o carro o deixava, alinhado como um conde, agora mais verdadeiro, mais terreno, às vezes com um traço de sangue na bochecha, às vezes com um rasgo na roupa, mas nunca, graças a Deus, deitado, como temíamos secretamente, levado por enfermeiros, gravemente ferido. Morreu quando eu fiz dez anos, de uma embolia pulmonar, veja só, de um coágulo ínfimo parado em algum lugar secreto de suas veias, e não, como sempre pensei, perdendo rios de sangue diante de seu público. Assim é a vida. Olhe para ele e me diga: você nunca deve ter visto ninguém tão bonito.

Não pense que Alejandro se parecia com ele. Nem na cara nem no temperamento. Alejandro não suportava a menor suspeita de sangue. Não conseguia pisar numa formiga, nem espantar uma mosca. Nunca pude falar de touros com ele; à primeira palavra, ele desmoronava. Qualquer gesto que ele imaginasse que podia causar dor o deixava doente. Nunca entendeu o que significava combater. Meu pai sim, claro. Meu pai era elegante, esguio como um bambu. Alejandro, embora magro, tinha suas carnezinhas bem-postas. Quando o vi pela primeira vez no Martín Fierro, disse a mim mesma: "Caramba, esse eu levaria para a minha cama", e notei que Quita também não tinha ficado indiferente. Pois não vá pensar que com todo o seu refinamento aquela senhora deixava de escolher um refugiado ou outro para consumo próprio. O Tito Gorostiza, por exemplo, com sua jubinha e sua bolsa de couro a tiracolo, "um hippie andino", dizia

Berens. E aquele peruano, não me lembro como ele se chamava, que acabou morando muito tempo na casa de campo que Quita tinha alugado perto de Cáceres. Veja bem, eu não a estou acusando de nada, hein? Acho ótimo que uma mulher aproveite o que puder enquanto puder.

Mas Alejandro era para mim. Eu disse isso a ela, assim, na lata, e Quita riu e me respondeu que claro, que eu fizesse bom proveito. Primeiro nós o instalamos no apartamento de Gorostiza. Porque Quita o pusera no nome do seu amiguinho, uma forma elegante de lhe passar um pouco do dinheiro do aluguel que os outros lhe pagavam, uma vez que nosso Tito nunca gostou dessa história de vender bugigangas na Calle Goya.

Já Alejandro nunca se queixou de seu destino. Ao contrário: eu poderia até lhe dizer que levantar-se todos os dias, juntar suas pulseiras e seus aneizinhos, caminhar até o lugar habitual e estender as coisas na calçada, tudo isso lhe dava certa segurança, não sei, um ponto fixo naquela vida subitamente nômade. Afinal de contas, Alejandro era bastante conservador. Amante da boa mesa, da boa carne, do que podia degustar e acariciar, e não dá pra fazer isso montado numa sela. Ele teria gostado mesmo é de uma certa rotina de manhã e de aventuras noturnas. Teria sido um bom político, o meu Alejandro.

Mas eu, como posso dizer, tenho minhas ambições. Eu queria que a essas qualidades se somasse a de artista. Para mim, embora ele não admitisse, Alejandro Bevilacqua era um homem de letras. Eu tenho um sólido conhecimento da literatura das Américas, não sei se lhe disseram. Desde pequena, enquanto minha mãe se entusiasmava com Gironella e Casona (embora também seja verdade que seu livro de cabeceira era *Nada*, de Carmen Laforet), eu procurava os autores que vinham do outro lado do Atlântico e que certos livreiros vendiam às escondidas, nos fundos da loja. Eu queria que Alejandro fosse um deles;

imaginava-o indiscutível, aclamado, sob uma dessas capas em tom pastel com ousadas letras negras, como se fazia então em Buenos Aires, alfabeticamente orgulhoso entre Mario Benedetti e Julio Cortázar.

Sabe? Eu queria fazer parte dessa transformação que começava a sentir lentamente em quase toda a Espanha, como uma mudança de estação, como o final de uma longa doença. Cada um de nós, quer dizer, da minha geração, sentiu aquilo de maneira diferente, num momento diferente. Para mim, veja, foi num dia no instituto, no final da aula. Eu estava quase saindo da sala quando a diretora, uma mulher muito severa, muito formal, entrou e me pediu que a ajudasse. Pegou uma das latas de lixo de plástico cinza que havia nas classes e colocou-a em minhas mãos. Depois colocou uma cadeira em cima do estrado, encostou-a no quadro-negro, apanhou o crucifixo que estava na parede e colocou-o na lata de lixo. Assim, percorremos todas as salas, tirando os crucifixos. Enchemos duas latas. Depois as deixamos num canto da capela do instituto, diante dos olhos atônitos de um dos padres que davam aulas de religião. No dia seguinte, ao me sentar em minha carteira, pela primeira vez me senti mais livre, menos aflita.

Eu queria que Alejandro fosse alguém nesse vento de mudanças, um estilo deslumbrante, uma voz prodigiosa, até então oculta. Mas, sim, eu sei, meu filho: aquelas fotonovelas de Alejandro eram tudo, menos literatura. Rimos juntos quando ele me mostrou três ou quatro que descobrimos um dia num monte de revistas velhas do Rastro. Menos que folhetins, não pense que eu não sabia disso. Mas Alejandro conhecia a arte de tecer histórias. Tinha algo na língua dele (estou vendo que essa sua mente suja fez você sorrir), algo que o fazia saber usar as palavras na medida certa, com os tons e os matizes exatos, com mais sabedoria e delicadeza do que mostrava ao ensartar suas contas coloridas. Contam que na Andaluzia havia bruxos que faziam brotar flores e pássaros do ar apenas nomeando-os. Com ele era assim, acredite. Quando Alejandro contava alguma coisa, de repente você a via se mover, podia vê-la. Por isso não me surpreendi que tivesse escrito uma obra-prima.

Olhe, Terradillos. Compare-o com qualquer outro. Com o Berens, por exemplo. Você já leu o Berens, já o ouviu recitar suas coisas, quer dizer, antes de ele ficar louco? Tal prêmio por seu primeiro livro, tal prêmio pelo segundo. Aqui na Espanha gostavam dele porque o achavam parecido com um Bécquer modernizado. Mesmo antes de entrar na moda essa história de dar prêmios por amizade ou política editorial, já se sabia que não se passava um outono sem um Berens premiado. Alejandro, ao lado dele...

Deixei-o se instalar na casa de Gorostiza apenas por alguns meses, para ele ir se aclimatando a Madri. Porque esta ainda era, em grande parte, uma cidade acovardada, encapuzada, muda, recolhida em si mesma, que não queria ver ninguém. Quando eu era mocinha, custava a acreditar que alguma coisa podia acabar demolindo todo esse despenhadeiro de lixo, fedendo a velas e a legumes podres, que o *Anão* nos dera de presente. Disse a mim mesma que se Alejandro suportava tudo isso no apartamento que dividia, minha casa ia parecer um éden para ele. Foi assim que num fim de semana eu o trouxe para morar comigo.

Devem ter lhe contado como descobri o manuscrito. Eu pedira várias vezes a Alejandro que me mostrasse algum escrito seu, algo que eu sabia que ele devia ter criado, ele com seu sangue de poeta. Sempre me dizia que não, que não era escritor, que eu o deixasse em paz. Comprei uma máquina de escrever para ele, para ver se caía na tentação. Deixei-o tranquilo, na dele, para ver se ficar sozinho estimulava sua inspiração. Nada. Ele não abriu a máquina uma única vez, e a solidão não o inspirava, ao menos não para escrever. Imagine que um dia voltei antes do combinado e o peguei na cama com a sujeitinha do apartamento do lado, que me pareceu uma puta desde que a vi abrir a porta com o quimono desamarrado e os peitos de fora. Eu o perdoei, claro.

É que (abrindo um parêntese) Alejandro tinha vocação para compartilhar tudo: comida, leituras, ideias, sexo. Se você punha um prato na frente dele, ele insistia para que você experimentasse um pouco. Se estava mergulhado num romance, ele me chamava e lia em voz alta algum parágrafo do qual gostara. Se no meio da noite lhe ocorresse uma observação, um desatino qualquer, ele me acordava para contar. E a cama, segundo ele, não era lugar para dormir sozinho. Dizia que só os egoístas se masturbavam.

Certa manhã, quando Alejandro já tinha saído para seu posto na Calle Goya, encontrei uma sacola velha, cheia do que me pareceu ser roupa suja. Abri-a. Lá estava *Elogio de la mentira*, em letras claras e manuscritas. Sem assinatura, mas eu logo soube do que se tratava. Eu o li de fio a pavio. Acabei a última página horas depois, com lágrimas nos olhos, juro pelo meu pai, que o Senhor o tenha em sua santa glória. Havia algo ali, feito de vogais e consoantes, que só nomeamos ao dizer que isto, sim, é literatura. E com L maiúsculo, se preferir, tanto faz.

Deixei tudo como estava antes e levei o manuscrito para o escritório. Liguei para Urquieta, que deve ter pensado que eu queria outra coisa. Disse que precisava vê-lo. Marcou um encontro comigo no seu café de sempre.

Quando cheguei, nervosa e sem fôlego, ele já estava lá, com a peruca alinhada e o sorriso pronto. Deu umas palmadinhas em meu punho e me pediu que lhe contasse tudo. Não sei se você já teve a oportunidade de falar com ele alguma vez, mas a voz de Urquieta era paternal, pausada, de galã de cinema. Tranquilizou-me.

"Quero que me diga o que acha disto", disse, e coloquei o romance debaixo do nariz dele.

"É seu?"

"É de um amigo."

"Um amigo. Sei." E sorriu novamente.

"Leia", respondi, muito séria. "Por favor. Leia."

"Você não está me pedindo que devore tudo isto aqui, de uma sentada..."

"Comece", mandei, agora decidida. "Depois você me diz."

Talvez ele quisesse se mostrar sedutor, talvez gostasse de fazer o papel de velho conselheiro, ou talvez o leitor experiente soubesse intuitivamente que o esforço valeria a pena. Urquieta me obedeceu. Colocou os óculos sobre o nariz gorducho, inspecionou a folha de rosto, comentou a caligrafia e a cor da tinta, procurou sem sucesso o nome do autor, ajeitou a peruca discretamente, virou a folha e começou a ler. Vou dizer sem rodeios: o homem era um profissional.

Eu não abri a boca. O garçom foi nos trazendo um café depois do outro. Uma hora depois, mais ou menos, ele levantou os olhos.

"De quem é isto?", perguntou.

"Antes de mais nada, qual é a sua opinião?"

"Notável. O que li até aqui é muito bom. Excelente."

"Uma obra-prima, não?"

"Ainda não sei. Não terminei. E teria de ler mais uma vez, pelo menos."

"Senhor Urquieta, pois eu sei que é. Só quero que confirme isso."

"Filha, preciso de mais informações. Quem é o autor? Como chegou a suas mãos?"

"Senhor Urquieta, não posso lhe dizer mais nada. *Elogio de la mentira*, sei que não duvida, é uma obra única, importante, mágica. Temos que publicá-la. Quer dizer, você tem que publicá-la. Você pode torná-la conhecida como se deve. Você pode dar-lhe a notoriedade que merece. Faça isso por amor à arte, senhor Urquieta." Fiquei melosa. "As futuras gerações agradecerão."

Os olhos de Urquieta, não sei por quê, estavam sempre meio úmidos, como se constantemente achassem graça ou tivessem pena de alguma coisa, nus, sem a moldura de cílios ou sobrancelhas, como os de certos cães pastores. Atentamente, como um comprador cauteloso, esses olhos percorreram o contorno de meu rosto, o vale de meu colo, as curvas de minha blusa, e sua imaginação cuidou do resto. Era sabido que Urquieta gostava de transformar as conversas mais banais, ou mais friamente práticas, em estratégias de sedução, sem se importar muito com o desenlace. Ele adorava caçar. Se seu interlocutor lhe oferecia o mínimo prazer estético, Urquieta fazia com que sua voz e seu olhar o acariciassem com a impunidade de um estuprador; o desconforto que o outro pudesse sentir não o preocupava.

Eu me deixei percorrer, observando-o, ao mesmo tempo, para ver quem aguentava mais. Ao pronunciar os *eles* e os *tes*, o velho demorava a língua sobre o lábio superior uma fração de segundo a mais do que o necessário e alongava a pausa antes de responder, com o olhar fixo em algum lugar de meu corpo, como se reivindicasse um território. Assim se passaram vários segundos.

"Por amor à arte. Bem. Vamos ver. Deixe o manuscrito comigo. Vamos nos encontrar de novo aqui dentro de três dias. Você terá a minha resposta."

Dois dias depois, recebi uma mensagem no Martín Fierro. Urquieta marcava novo encontro comigo no café.

Suas primeiras palavras foram: "Vai sair daqui a três meses. Vou enviar um exemplar para as oito pessoas que contam. Pensei em fazer um lançamento num dos cafés, o Lyon ou La Ballena Alegre. Mas tive uma ideia melhor. Uma livraria. Vamos convidar todos para ir à Antonio Machado. Faremos um lançamento como os de Paris, um verdadeiro evento. Vai ser um terremoto".

Pôs a mão em meu braço. Não me custa nada confessar a você, eu estava verdadeiramente agradecida.

"Você não sabe como me deixou feliz." E acrescentei: "Mas devo adverti-lo. O autor não está sabendo de nada".

"Não sabe que você me ofereceu o romance?"

"Não."

"Mas então como faremos o contrato? Quem vai assinar?"

"Eu assinarei. Eu me responsabilizo."

"Não estou gostando nada disso. Por que não avisá-lo? Quem é esse Fantomas? E se depois ele se voltar contra nós?"

Mas eu também tenho meus ardis. Contra o instinto burocrático dele, valeram os meus encantos.

"Sei que você não tem medo de ninguém", eu disse, sorrindo.

"Então vou precisar de sua ajuda."

"Conte comigo", respondi, aliviada.

"Dia e noite", sorriu o velho.

"Dia e noite", assenti.

"E agora me diga. Quem é o autor?"

"Bevilacqua. Alejandro Bevilacqua."

"O argentino? O que dividia o apartamento com Berens?"

"Esse mesmo. Agora ele divide comigo."

"Sei. E por que você não quer que saibam o nome dele? Teremos que colocá-lo na capa."

"Sim, claro, publicá-lo sim, e então ele vai ficar sabendo de tudo. Mas por enquanto ele nem sequer sabe que eu o li. O coitado ficou muito traumatizado depois de seu calvário na Argentina. Diz que não é escritor, e aí você vê a prova do contrário. *Elogio de la mentira* lhe dará uma nova identidade, tenho certeza. Uma nova vida."

"Ótimo", concluiu Urquieta. "Vamos nos preparar para o nascimento."

Urquieta podia ser um abutre, mas também era um intelectual. Nascimento era a palavra exata. Nascimento do livro, nascimento do verdadeiro Alejandro, do Alejandro oculto. Juro que eu estava tão feliz que quase me joguei no pescoço dele, embora nunca fosse preciso animar Urquieta, e agora ele já deixara de acariciar meu braço e começara a deslizar os dedos por dentro da minha manga, entre o vestido e a axila. Mas agora nada mais me importava. Alejandro, como eu sempre afirmara, era escritor.

Entende o que estou dizendo, meu curioso Terradillos? Escritor, escritor até a medula, e não como aqueles que passavam pelo Martín Fierro, aproveitando o gosto de Quita por tertúlias literárias. Compare-os e verá como não dá para confundir alhos com bugalhos. Estive em inúmeros saraus de poesia, sabe, quando era preciso vigiar a porta e cuidar para que o poeta não saísse com alguma frasezinha inconveniente, com algum nome proibido, nada que tivesse o menor eflúvio de vermelhuras e Mãe Rússia. E, apesar disso, todos lá à espera do verso ousado, fulgurante, que iluminaria nossas tardes escuras! Mas nada. Meu Deus! Todas as vezes que ouvi Berens, o mais frequente, claro, em cima daquele estradinho, com seu terno importado, sua gravata curta e fina como língua de lagarto apontando para o umbigo, recitando seus versos com um sorriso, como se ele realmente soubesse do que se tratava, e nós, coitados, uns idiotas... Urquieta sabia muito bem a diferença. E soube de imediato que aquilo ali era o genuíno, um touro de lide.

Vou poupá-los dos detalhes técnicos, dos envelopes lacrados, dos telefonemas sussurrados, Quita exigindo saber do que se tratava (porque nada escapava a ela), Quita cochichando com Gorostiza, que era outra doninha curiosa, Quita jurando por são Cristóvão não contar nada a ninguém, Berens sabendo de tudo (não sei como), mais juramentos, mais subterfúgios, mais conclaves secretos. E depois as discussões sobre o desenho gráfico, a tiragem, a capa, uma das primeiras desenhadas por Max. E por fim as provas, a realidade do texto impresso, o frontispício abrindo caminho, *Elogio de la mentira* e o nome de Alejandro Bevilacqua.

Era uma tarde chuvosa, lembro, quando Urquieta combinou de me entregar o primeiro exemplar pronto, envolto em papel de embrulho. Eu tremia. Na manhã seguinte, depois de servir o café para Alejandro, coloquei na frente dele o pacotinho retangular. Alejandro abriu-o, tirou o livro, olhou-me, olhou a capa, fechou-o, voltou a abri-lo, voltou a fechá-lo, embrulhou-o outra vez no papel e, deixando-o em cima da mesa, pegou suas coisas e foi embora sem dizer uma palavra.

O lançamento foi naquele dia e você já sabe o que aconteceu. O pegajoso do Manguel insistiu em ficar do meu lado como um grude, e tive de aceitar que ele me levasse a um café e depois para casa, para que por fim me deixasse em paz. Alejandro não tinha voltado. Fiquei esperando por ele a noite toda e toda a manhã seguinte.

Era domingo. Naquele dia todos passaram lá em casa. Quita com a desculpa de que perdera a chave de casa, Gorostiza levando uma verdadeira inquisição (se alguém tinha vindo procurá-lo, se podia revistar seus papéis para ver se encontrava algum indício), Urquieta, paternal e solícito. Contei e voltei a contar o que não sabia: por que, como, onde. Finalmente ao meio-dia, me livrei de todos eles e fechei a porta. Pouco depois o inspetor Mendieta veio me ver. Foi ele quem me deu a notícia.

Coisas assim você não entende de imediato, mesmo quando são ditas claramente. Não entende por não saber como entendê-las. Falta esse espaço na cabeça que lhe permitiria entendê-las. Você é incapaz de acreditar na possibilidade do que estão lhe dizendo porque, antes que o dissessem, isso nunca lhe passara pela cabeça. É como um lugar que falta no seu mapa-múndi. Você não pode descobrir a América até não dizer a si mesma que pode estar lá, do outro lado do mar.

Os dias que se seguiram eu passei entre lágrimas e sono, pensando a todo instante que ia vê-lo entrar pela porta, que ia ouvi-lo me chamar do outro cômodo. Às vezes tinha a impressão de ter inventado tudo aquilo: nosso encontro, nossa vida juntos, as conversas entre os lençóis, o livro secreto.

Veja bem. Eu não sei se essas histórias contadas eram minhas ou dele, ou sei lá de quem. Você passa a vida entre palavras, escutando, montando histórias com o que diz e com o que imagina que lhe dizem, pensando que tal coisa aconteceu assim ou assado, por culpa disso ou daquilo, com tais ou tais consequências. Mas nunca é tão simples, não é mesmo? Imagino que se nos lêssemos num livro não nos reconheceríamos, não saberíamos que aqueles somos nós fazendo aquelas coisas e comportando-nos daquela maneira. Eu sempre pensei que conhecia Alejandro, que o conhecia intimamente, quero dizer, como a gente conhece um boneco que desmontou. Mas não.

Certa vez Alejandro me contou aquela sua história com a moça dos fantoches, lá em Buenos Aires. Alejandro era bem jovem naquela época e tinha conhecido aquele alemão velho que ganhava a vida com seu teatro de bonecos. A garota era assistente dele, e Alejandro, que, já adolescente, sabia do que gostava, fez o velho acreditar que ele não ligava que acariciassem suas nádegas ou apalpassem seu rabinho, desde que ficasse perto de Loredana. Na cama tinha de tudo, garanto, como em cartola de mágico, mas Alejandro era tão frangote naquela época que eu, em todo caso, nada a ver, eu nem me daria ao trabalho de tirar o casaco. Já Loredana parece que fazia o jogo dele, e enquanto o velho passava as horas arrumando os fios de seus bonecos e lançando olhares ternos a Alejandro, Loredana sentava-se diante do garoto com as pernas abertas, a saia levantada e as calcinhas esquecidas, ou descuidando-se de algum botão da blusa, deixando o decote bocejar, enquanto um filete de renda despontava sobre a pele cor de café.

Alejandro não suportou que a moça partisse sem lhe dizer nada e ao ficar sabendo da deserção foi atrás dela no Chile. Como tive oportunidade de comprovar, e mais de uma vez, Alejandro detestava ser humilhado.

Ele me contou que ao encontrá-la, no restaurante do hotel, chamou-a de puta diante de todos. Descreveu o que tinham feito juntos. Ameaçou ir à polícia. Acusou o velho de desencaminhá-lo. Exigiu que lhe dessem dinheiro. Antes de voltar a Buenos Aires, entrou nos camarins do teatro e, como se estivesse chifrando aquelas barricadas de defesa dos toureiros, rasgou as roupas das marionetes e pintou-lhes na madeira uns órgãos sexuais enormes.

Veja se me entende. Alejandro não estava confessando nada quando me dizia essas coisas. Contava-as na cama enquanto acariciava meu corpo. Contava-as para se excitar, acho, e talvez pensasse que suas aventuras me excitavam também.

Eu, para falar a verdade, mal o escutava. Olhava para ele, ou melhor, lembrava de como eu o via nas primeiras vezes no Martín Fierro, quando pensava estar apaixonada por ele, e o percorria com os olhos como quem percorre às cegas, de noite, um caminho que já conhece bem. Eu gostava de me enganar, chegar a uma parte inesperada de seu corpo, confirmar a intuição de uma zona escura, ardente. Para mim dava na mesma que ele me fizesse ou não a crônica de sua vida, verdadeira ou imaginária. O que quer que ele dissesse, sua voz me dava prazer. Fora não, mas debaixo dos lençóis, para mim tudo é sonho. Que essas coisas tivessem acontecido ou que ele quisesse que tivessem acontecido, para mim dava na mesma.

Alejandro devia ser assim com todas. Eu, meu filho, de ciumenta não tenho nada, então posso dizer isso sem pestanejar. Com Loredana, não sei, porque ele ainda não tinha a experiência da palavra, só a do corpo, que se move sozinho. Mas com sua mulher, sim, com a Graciela que ele nunca mais viu. Ele nunca me disse isso, mas sentia falta dela como quem sente falta de ar. Principalmente porque alguém a levara, alguém a entregara deliberadamente aos carrascos, não é? E isso Alejandro nunca esqueceu. Imagino os dois muito parecidos, ele e Graciela, como dois atores experientes no mesmo palco, nenhum gesto equivocado, nenhuma frase fora de lugar, estivessem os dois sozinhos na cama ou na companhia de algum extra que fariam sair dos bastidores para submetê-lo, entre eles, a um duplo assalto, profissional, irresistível.

Com as outras mulheres que conheceu, eu entre elas, foi diferente. Com as muitas outras que me descrevia noite após noite, eu sei que era Alejandro que as mantinha pendentes de sua língua, como um desses narradores que sentam no mercado e enfeitiçam multidões até que resolvem se calar. Então elas perceberiam que a noite chegara ao fim e que a luz começava a entrar pelas cortinas.

Quita era engraçada. Quando eu a via entrar no escritório de manhã, poderia jurar que ela estivera com Alejandro na noite anterior. Não porque o espertinho não tivesse voltado para casa, pois essa era uma liberdade que ele havia exigido desde nosso primeiro dia, e que eu lhe concedera, ou mesmo desejara. Mas porque a pele de Quita ficava furta-cor, sedosa, como se as palavras que Alejandro derramara sobre ela continuassem fluindo sangue acima, azuis, douradas e vermelhas. Gorostiza, que nunca admitira que ele e Quita eram um casal, olhava-a com um sorrisinho triste, calado. Acho que não lhe reprovava nada, contanto que o deixasse ficar ali, na barra de sua saia, por dentro de tudo. Quita, por sua vez, era ciumenta, ou talvez maternal seja o adjetivo mais exato, dessas que querem ter seu homenzinho nos braços, junto do peito, como uma Virgem Dolorosa.

Só uma vez, que eu me lembre, Alejandro perdeu a desenvoltura. Foi numa noite em que voltou tarde. Contou-me que se encontrara com alguém, mas não quis me dizer com quem. Falou longamente, horas a fio, sem parar. Aqui não se tratava de seduzir ninguém, a não ser, talvez, a si mesmo, ou de se consolar, ou de se animar. Começou com aquelas eternidades de prisão das quais já me havia contado coisas, e muitas, mas desta vez de dentro, como se tivesse voltado a viver aquele inferno através dos cheiros, do tato, dos objetos cotidianos. Não sei como explicar: através do tempo.

Ele tinha sido pego da maneira que começava a ser convencional na Buenos Aires daqueles dias: o Ford Falcon se aproximando da calçada, os dois homens de óculos escuros agarrando-o pelos ombros, a venda nos olhos, a ordem de não tocar nas maçanetas das portas, que estavam eletrificadas. Por baixo da venda, pensou reconhecer uma rua perto do cemitério de La Recoleta. "Por aqui passava o ônibus que me levava para o colégio", pensou naquele momento. E também: "Se isto tivesse acontecido naquela época, do meu assento eu teria visto eles me levando, porque sempre olhava para aquele lado".

Ao chegar diante de uns portões invisíveis, um dos homens desligou o rádio do carro e disse o que devia ser a senha para que abrissem: "*Urânio*". Essa foi a primeira palavra de um vocabulário novo que Alejandro teve de aprender em sua clausura, como se de repente o obrigassem a apagar sua vida passada e a começar uma monstruosa escola na qual mãos fantasmagóricas escreviam sobre a lousa os termos crípticos com caligrafia caprichada: o *quirófano*, a *máquina*, a *parrilla*, a *huevera*, a *leonera*, a *capucha*, o *tabique*, a *cucha*, o *tubo*, o *camarote*, o *camión*, os *vuelos*, a *comida de pescado*, a *pecera*.* Terradillos, tome nota, que isto é história e documento. Estou lhe contando como ele me contou, só vou poupá-lo das voltas e reviravoltas. Digamos, sem rodeios.

Ele passou os primeiros dias sentado no chão, sem encosto, forçado a não se mexer, rígido como na *verónica*,** com a venda colada aos olhos. Aprendeu a olhar por debaixo dela, a reconhecer as vozes dos guardas, a intuir a presença de outros. Teve a impressão de que a cela era grande e de que ele não era o único ocupante. A intervalos regulares, ouviu a porta ser aberta e fechada e sentiu que alguém lhe deixava nas mãos um prato de sopa e um copo d'água. No centro havia uma fossa para suas necessidades. Tempos depois, soube que esse edifício era chamado de El Sumidero.

Depois de três ou quatro dias, dois homens entraram na cela e lhe tiraram a venda. Levaram-no, ofuscado pela claridade, a um cômodo com cara de escritório, imaculadamente organiza-

* Termos intraduzíveis, relacionados a instalações e procedimentos utilizados na ESMA (Escuela Superior de Mecánica de la Armada), um centro clandestino de detenção, tortura e "desaparecimento", ativo durante a ditadura militar argentina (1976 a 1983), hoje transformado em Espacio para la Memoria. Quirófano: sala de tortura; parrilla: aparelho de choque elétrico; huevera: sala de tortura cujas paredes eram isoladas acusticamente com embalagens de ovos; leonera: jaula, local de concentração de detidos; capucha: dependências onde os detidos eram interrogados e torturados; os tabiques eram divisórias entre cuchas e tubos (cubículos onde ficavam os detidos) na capucha; camarote: "cela" diminuta; o caminhão levava prisioneiros até aeronaves que os atiravam, dopados, sobre o mar ou o rio da Prata nos chamados voos (vuelos) da morte, para virarem "comida de peixe"; pecera (aquário): série de pequenos escritórios onde os prisioneiros eram vigiados por um circuito fechado de tevê. (N. T.)

** Posição característica que o toureiro assume nas corridas. (N. T.)

do. Fizeram com que ficasse de pé junto a uma escrivaninha e, sem dizer uma palavra, foram sentar do outro lado, sob um retrato do general San Martín. Pouco depois lhe trouxeram uma cadeira. Assim passaram duas, três horas em silêncio. Depois se levantaram, foram até a porta e entraram outros dois homens, quase idênticos, que substituíram os primeiros. O jogo, repetido sem palavras nem variações, prolongou-se durante quase uma semana. Às vezes Alejandro caía adormecido sobre a escrivaninha, ou com a cabeça virada para trás, sobre o encosto da cadeira, e então um dos homens se levantava e lhe dava um tapa na cara. A cada dez ou doze horas, uma mulher de avental lhe trazia alguma coisa para comer e beber. Alejandro comia e bebia, e tentava dormir com os olhos abertos. Ninguém dizia nada.

Já conhecemos esse jogo que consiste em não pronunciar a ameaça, em permitir que a imaginação construa seu próprio inferno, em fazer com que o medo do que possa acontecer conceda rosto e garras a uma encarnação sempre secreta. Prometer algo sem dizer o quê. Abrir as cortinas e não fazer ninguém entrar em cena. Deixar que se ouça o rangido de uma porta, o lategaço de uma correia, a raspagem de um metal na escuridão. Você pode imaginar, não é?

Já o conhecemos. Escrever, Terradillos, é uma forma de silêncio, de não falar, de cortar o voo das palavras, como dizia Vallejo, de enraizá-las na página. Escrever é uma forma de ameaça com o que não se pronuncia em voz alta, com a sombra das letras nos atormentando entre as linhas. Sou muito fã da literatura latino-americana para não estar habituada à afonia, à reticência, ao sigilo. Permite-me um aparte de leitora? Desde o princípio, aparentando descrever grandes espaços e narrar vastas epopeias, os cronistas da América do Sul não fizeram senão sugerir certas chaves, deixar alguns sinais. Os dramas que preparam são enormes, é verdade, um romance volumoso após o outro, mas no fim o argumento essencial se resume a umas poucas palavras afundadas na barafunda de um parágrafo impetuoso que quase não lemos, distraídos por tantas páginas. Às vezes estão dissimuladas num diálogo, numa anotação, às vezes até no título. O resto seria excesso, se não servisse para ocultar o imperecível. É, sem dúvida, como acreditam os eruditos anglo-saxões, uma literatura de violência, menos política, porém, que metafísica, menos carnal que intelectual. Não se trata tanto da violência evidente, mas da outra, deliberada, insidiosa. O ferimento sob o golpe, a ofensa sob o insulto, a máscara atrás da outra máscara, essa que todos reconhecem. Acredite. A mentira: esse é o grande tema das letras dali de baixo.

Alejandro me disse que quando finalmente começaram a espancá-lo, sentiu a dor quase como um alívio. Hora após hora, dia após dia, permitira-se conceber as torturas mais atrozes, as agonias mais insuportáveis. Aço, fogo, água, falta de ar, passou tudo em revista antes de sentir na própria carne. Ele, que não suporta que você pise numa lagarta, que machuque um gato, ele teve que imaginar tudo. E depois o que imaginou começou a acontecer, mas de forma diferente.

Um dos homens que sempre voltavam para visitá-lo tinha, segundo me contava Alejandro, a pele muito macia, muito suave, como a de uma mulher. Soube disso não porque pudesse vê-lo (o homem nunca entrou em sua cela sem que Alejandro tivesse os olhos vendados), mas porque cada vez que vinha segurava sua mão entre as dele, como se fosse uma cigana lendo sua sorte. Depois, quando o levavam, com grilhões nos pés e as mãos amarradas, até a saleta na qual um dos cirurgiões (os torturadores eram chamados assim) devia começar seu trabalho, Alejandro tinha a impressão de que o homem da pele suave continuava ali, olhando para ele, quieto do mesmo jeito, triste do mesmo jeito. Alejandro o imaginava como uma das marionetes de Loredana, uma que, encaixada em sua vareta, só podia girar da esquerda para a direita, balançando os braços, rígida e constantemente, com os olhos de vidro fixos e as bochechas envernizadas onde se refletiam as gambiarras. Em seu elenco de monstros, deu ao indivíduo fantasmagórico o nome de Boneco. Contou-me que esse personagem o deixou tão obcecado que poucos dias depois de chegar a Madri teve a impressão de ouvir a voz do Boneco num café, numa loja, até no Martín Fierro. Parece que muitos têm alucinações depois de sair de seus infernos.

Alejandro não sabe o que lhe perguntaram nem o que respondeu durante o tempo que passou em sua primeira cela. Lembrava-se confusamente de golpes, gritos, silêncios terríveis, rostos impávidos, cuspidas, do choro de homens e mulheres do outro lado da parede, da dor de ferimentos que não chegava a ver, sonos leves quase sem pesadelos, a lamparina constantemente acesa, a saudade da escuridão, a sede. Em certo momento entendeu que Graciela estava morta; depois lhe disseram que não, que tinha se juntado com um dos cirurgiões; depois, que a estavam torturando numa prisão distante. Não sei se algum dia chegou a saber a verdade.

Teve a sensação de separar-se de si mesmo, de desdobrar-se e sentir que era seu duplo que estava lá, deitado ou sentado, esperando ou não esperando nada. Disse que foi durante aqueles meses infinitos que começou a ter a impressão de viver à margem do tempo real, impressão que nunca mais o abandonou. Quando o conheci, às vezes acordava deitado a meu lado como se já estivesse morto.

Um dia, sem explicações, foi transferido para uma cela com apenas dois catres. Num canto havia um vaso sanitário sem assento e uma pia. O luxo de tais instalações o deixou atordoado. Alejandro lembrou que fazia tempo que não sentia a água correr por sua pele. Deixaram-no sozinho, mas teve de esperar um bom tempo antes de se permitir avançar até a pia e abrir a torneira. A água gelada o fez chorar de felicidade.

Dizem que com o frio intenso nosso corpo diminui seu ritmo, que o coração bate mais devagar, o sangue corre mais pausadamente. Durante aquelas semanas, os sentidos de Alejandro se tornaram menos precisos, sua percepção das coisas ficou mais lenta. Demorou horas para perceber que havia mais alguém no segundo catre. Só quando um vozeirão lhe perguntou como se chamava, percebeu que havia ali alguém de carne e osso. Mais carne que osso: o Chancho, como Alejandro o chamava (nunca me disse seu verdadeiro nome), era um homem de pouca altura, ou melhor, de braços e pernas tão curtos que, apesar do torso enorme e da barriga proeminente, dava a impressão de ser um anão. Tinha o nariz no formato de um triângulo escaleno, o queixo sempre mal barbeado. Seu único encanto (se é que se pode falar de encanto numa criatura tão sem graça) era a voz. O Chancho era loquaz. Alejandro, em compensação, acreditava ter se esquecido de como falar.

Em pouco tempo, Alejandro descobriu que Chancho tinha laços curiosos com as autoridades. Estava preso, sem dúvida, mas preso com privilégios, como se diz. Depois de uma primeira e formidável surra que lhe deram ao entrar (e que contou a Alejandro sem poupar os detalhes), nunca mais tocaram num só fio do cabelo dele e até lhe concederam inúmeros pequenos favores. Às vezes levavam revistas e livros que Chancho dividia discretamente com Alejandro, às vezes pratos especiais que devorava sozinho. Também lhe permitiam papel e uma caneta, e Chancho passava horas enchendo folhas com uma letra uniforme, de escrivão, muito parecida com a de Alejandro. Tinha uma mulher, tão alta quanto ele era baixo e tão magra quanto ele era gordo, a quem chamavam de Pájara e que Chancho adorava com fervor de possuído. De quando em quando, tiravam Chancho da cela compartilhada e o levavam a outra na qual deixavam a Pájara entrar, e lá passavam a noite.

Naquele mundo, Pájara era só mais uma criatura estranha. Com uma minissaia que ressaltava uma bundinha enternecedora quicando sobre as longas pernas, com o cabelo preso no alto como num turbante, sempre rematado por um chapéu extravagante, com os lábios pintados de um vermelho comunista, Pájara chegava à tarde com seu saquinho de doces, como se estivesse visitando um convalescente. As únicas visitas que permitiam a Alejandro eram de uma mulher mais velha com uniforme de enfermeira que lhe tomava o pulso e de um padre jovem e melancólico que lhe falava do Bom Pastor. Esses personagens que lhe apareciam confusamente depois das sessões mais pesadas, quando, após arrastá-lo pelos corredores com cartazes que diziam "Avenida da Felicidade" ou "Silêncio é Saúde", deixavam-no com pés e mãos amarrados sobre o catre. Comparados a eles, o anão obeso e a mulher alta se tornavam irreais, ou ao menos tão pouco reais quanto as outras criaturas desse mundo no qual não queria acreditar.

Com a transferência para a cela de Chancho, as sessões com os torturadores diminuíram gradualmente até desaparecer por completo. Alejandro nunca soube o motivo. Lugares como esse são regidos por uma lógica diabólica, com suas próprias fórmulas e geometrias. Agora os dias e as noites eram longos períodos de uma espera inútil nos quais não sabia se devia temer ou desejar a manhã. Enquanto isso, Chancho parecia demonstrar cada vez mais uma espécie de afeto por ele, de cumplicidade. Falava do perfume adocicado de Havana e da cor de caca do litoral caribenho, das longas tardes de leitura no terraço de algum romancista famoso e das longas noites de farra na praia ainda quente. Resumia livros para ele (pois parece que Chancho era um grande leitor), falava de escritores que conhecera quando jovem, inventava argumentos cujos pormenores se transformavam e ficavam mais ricos a cada dia. De sua condição atual ele falava pouco. "Vamos inventar o mundo, meu irmão", dizia Chancho. "Já que este não existe mesmo." E logo depois acrescentava, rindo: "Ou não deveria existir".

Uma tarde, Chancho voltou para a cela depois de uma breve sessão "informativa" e disse a Alejandro que a Pájara não viria mais. Contou-lhe que os torturadores, depois de examinar uma infinidade de números e datas que Chancho disse não recordar, vendaram seus olhos e cobriram sua cabeça com um capuz. Então ouviu a porta da saleta se abrindo e a voz mansa do Boneco lhe dizendo que a paciência deles tinha acabado e, portanto, os privilégios também. Que não esperasse mais sua mulher, nem naquela noite nem nunca mais. E com minúcias, detalhadamente, contou-lhe o que havia acontecido com a Pájara. Chancho não quis acreditar. Resolveu esperar. Passaram-se aquela noite e a seguinte. Alejandro não se atrevia a falar com ele. Chancho não comia, não dormia. Olhava para a porta da cela como se a menor distração pudesse fazer com que ele perdesse uma aparição fugaz.

Tempos depois, um dos outros presos conseguiu sussurrar no ouvido de Chancho que, num tiroteio perto de El Sumidero, um carro que trazia várias mulheres tinha sido incendiado. Chancho passou do abatimento à cólera, e da cólera a uma fúria animal, dando porradas nas paredes e uivando como um lobo, e mesmo depois de três guardas o "acalmarem", continuou se debatendo. Por fim foi levado embora.

Ao mesmo tempo, os torturadores recomeçaram as sessões com Alejandro. Um dia, depois de uma sessão particularmente feroz que o deixou com um tinido interminável nos ouvidos, já frágeis desde a manifestação em Buenos Aires ("como se eu estivesse num lugar com mil campanários", disse-me certa vez), Alejandro estava sentado em seu catre quando ouviu a voz do Boneco falando com ele. "Vim me despedir", disse o Boneco. "Talvez nos vejamos de novo. Se não morrermos antes, você ou eu."

Alejandro viveu no Sumidero uns sete, oito meses, que em sua lembrança, em seus braços, pernas e estômago, foram anos. De repente, tudo acabou tão vertiginosamente como havia começado. Uma semana depois que levaram o Chancho, dois desconhecidos entraram na cela e mandaram Alejandro sair. Voltaram a vendar seus olhos, voltaram a amarrar seus pés e mãos, levaram-no pelos consabidos corredores e pelos portões infernais, e o meteram dentro de um automóvel. "Era como se projetassem o filme ao contrário", comentou comigo. "Tive a sensação de que estava começando tudo de novo."

Uma hora depois, o automóvel parou. Tiraram-lhe os grilhões, as cordas, a venda, puseram uma sacola em sua mão e lhe disseram para descer. Sobre sua cabeça, vários aviões sulcavam o céu. No dia seguinte, Alejandro desembarcava em Barajas. Quem diria; agora sabemos que esse pé que ele pôs em terra espanhola naquele dia foi o que o levou implacavelmente à sacada fatídica.

Mas, Terradillos, que pergunta é essa, meu filho? Você deve lembrar que tudo isso aconteceu há três décadas. A distância entre os vinte e cinco anos que eu tinha na época e o meio século e tanto que carrego agora é infinita. Confundo a sequência, sabe?, como num maço mal embaralhado. Já não posso lhe dizer quando fiquei sabendo da morte de Alejandro, se naquele dia foi Quita quem me contou, ou se primeiro, ao me ver entrar no Martín Fierro, a coitada começou a gritar, repetindo feito louca que ele estava morto, que estava morto. Ou se alguém me anunciou antes, Berens, acho, que eram duas as mortes, e que Tito Gorostiza se suicidara. Ou se foi aquele inspetor Mendieta que me procurou outra vez e me fez mais perguntas que o catecismo, e acabei sem saber do que ele e eu estávamos falando. Já não lembro o que eu imaginei e o que eu soube, que histórias me contaram e que histórias eu mesma criei para acalmar um pouco minha incompreensão.

Depois passou a ter menos importância para mim. O mundo era diferente. Quita me chamou outra vez durante sua doença, coitadinha, mas não falamos do ocorrido. Berens foi quem se deu melhor, talvez, isolado para sempre em seu Alzheimer. Quem sabe a gente se acostume a tudo, até mesmo ao esquecimento.

Às vezes, uma imagem daquela época me volta à mente, eu me olho em algum espelho e me vislumbro como era quando Alejandro gostava de mim. Veja como estou agora, mas este corpo já teve seus encantos e esta cabeça já foi mais sutil e mais ágil. A idade não aguça os sentidos, embaça-os, apesar do que dizem os sábios. Precisamos de bandarilhas de fogo depois dos cinquenta. Meu pai dizia isso, e agora eu também.

Para você, Terradillos, e para seu público leitor, a história de Alejandro já não tem mais surpresas. Os fatos foram estabelecidos ao gosto dos tabeliães e o expediente está encerrado com o selo do Santo Arcanjo. Não se encontra *Elogio de la mentira* há anos, a não ser na estante de algum livreiro antiquário, e por uma fortuna. Um editorzinho quis reimprimi-lo por aqui, mas foi impossível chegar a um acordo com uns herdeiros um tanto vagos que nem quiseram saber do assunto. Melhor assim. Esse percurso já nos envergonhou demais para que tenhamos de passar por ele novamente.

Eu continuo seguindo a literatura das terras de Alejandro. Continuo procurando seu rastro nos livros que nos chegam lá de longe. Continuo acreditando que um dia descobrirei a prova de que minha intuição não estava equivocada, que sob o personagem que os outros conheceram havia um romancista, um poeta.

Sei perfeitamente que o amor é a certeza imbecil com que nossa fantasia cria um espectro verossímil. Ou melhor, cria um espectro que penetra na pessoa sólida que temos diante de nós, habitando-a por dentro, fazendo com que nos olhe por detrás de seus olhos, fazendo com que mova as mãos da maneira que nos agrada. E essa certeza, de que esse ser é por fim o bem-amado, vem acompanhada de outra: a de que nunca o esqueceremos, de que nunca lhe seremos infiel, de que ele será para sempre o eixo e o coração da nossa roda, da nossa vida, de tudo o que é nosso, por mais contagiado de irrealidade e de sonho que esteja.

Vou lhe dizer uma coisa, mas quero que fique entre nós, porque é uma bobagem e tenho um pouco de vergonha de contá-la. Há algum tempo, na vitrine de um sebo, vi uma coletânea de poemas: o nome do autor era A. Bevilacqua. Entrei, comprei o livro, corri até um café e me sentei para ler. O título era algo parecido com *Contraflujos* ou *Contracorrientes*. Eram versos leves, amorosos, com muitos pontos de exclamação e letras maiúsculas. Percorri-o ansiosamente, procurando não sei bem o quê, querendo ouvir a voz grave de Alejandro, sentindo suas mãos sobre minha nuca, o cheiro de tabaco em minhas narinas. Pensei reconhecer o ritmo de suas frases, sua maneira pausada de ver as coisas; surpreendeu-me alguma epígrafe de um autor que eu não sabia que lhe agradava. Ao chegar ao último poema, voltei ao primeiro. Procurei a data no cólofon: minha edição tinha sido impressa no final dos anos 1990 em Montevidéu, mas a tiragem original era de 1961: na época, Alejandro devia ter pouco mais de vinte anos. Li o livro uma terceira vez e procurei novamente a imprenta. Então vi o que não vira ou não quisera ver antes: o nome do autor era, sim, Bevilacqua, mas Andrés, não Alejandro, um desconhecido Andrés Bevilacqua, usurpador homônimo de meu escritor, falso profeta, falso fantasma, com sua voz falsa e seu falso toque. Senti meu erro como uma deslealdade imperdoável, uma ofensa a sua memória. Eu, que tanto o amava, cometera uma traição. Deixei o livro sobre a mesa e voltei para casa, arrasada.

Li em algum lugar que a única coisa que podemos fazer para lutar contra a irrealidade do mundo é contar nossa própria história. Eu não quero, não quis fazer isso. Preferi resgatá-lo, resgatar o que soube ou pensei saber dele. Se depois a verdade for outra coisa, pouco me importa. Você, meu Terradillos, escreva o que quiser, e o tempo dirá.

Alejandro foi exatamente como o senti ou imaginei durante todo esse tempo em que estivemos juntos. Se continuo procurando provas de minha convicção, faço isso por hábito, não por necessidade, entende? Meu pai dizia que, depois de passar anos na arena, você continua toureando em seus sonhos quando já não resta nada ao seu redor: nem o animal, nem espectadores, nem arena.

É isso. É isso, sem sombra de dúvida.

3. A fada azul

— Seja honesto e bom e será feliz — disse-lhe a Fada.

Carlo Collodi, As aventuras de Pinóquio

Monsieur Jean-Luc Terradillos
L'Actualité Poitou-Charentes
Poitiers, França

1º de janeiro de 2003

Prezado curioso impertinente:

Desconfio das cartas como gênero literário. Mais do que qualquer outro, elas pretendem narrar a verdade desdenhando um autor *empingorotado* (adjetivo que minha avó de Camagüey usava para descrever esses vestidos de falso luxo, mal cortados e pessimamente costurados, e que apostei comigo mesmo que conseguiria colocar neste primeiro parágrafo), quando, ao contrário, permite a um só cronista a declaração do que é história. Mas o epistolário é, nas atuais circunstâncias, o único gênero que me resta. Estou esgotado: minha literatura já não admite o gênero épico, e a lírica, arrogante, sempre foi proibida para minha musa. Contento-me, pois, com esta carta. Pelo menos nenhum editor salafrário vai meter o nariz aqui.

Conheci Bevilacqua na prisão, claro, mas isso você já sabe. Eu gostava de conversar com ele, de lhe falar da minha biblioteca, de percutir em seu tímpano castigado minhas invenções literárias. Desde que começam minhas lembranças, meus lábios se movem sozinhos. Se estou diante de uma máquina, datilografo; se diante de uma página em branco, anoto; sem outro instrumento, uso a língua. À noite, diante dos obstáculos que estorvam meu acesso ao sono, componho histórias que vão se dissolvendo à medida que avanço na escuridão. Bevilacqua era bom nisso: opunha obstáculos ao desvanecimento.

Confiei nele desde o início. Senti que podia confiar nele como alguém, no exército, confia instintivamente no soldado menos aventureiro, na arma mais familiar. A novidade não é amiga do sucesso. E para alguém como eu, em quem a atração não é visível, é melhor não esperar caridade estética de ninguém. Sinceridade, sim, que é outra coisa. Honestidade, que traz consigo um laivo de mansidão.

Ele não era ciumento. Essa inveja que alimenta a inspiração literária, que almeja que todo livro alheio seja um fracasso e toda recompensa para o outro evanescente, não existia em Bevilacqua. Suas emoções eram óbvias; a inveja requer arroubos de modéstia, algaravias de pudor, precisa se mostrar na comissura dos lábios e no tom da pele. O sorriso de Bevilacqua era doce e sua pele de um cinzento constante. Claro que a prisão não o deixaria corado, mesmo que sua constituição o permitisse. Como diz o Bom Livro, quando estava na casa de meu pai, estava num lugar melhor.

É curioso como os lugares mais triviais nos proporcionam

encontros de consequências graves. Nesse caso, grave para ele, não para mim. Nós, seres humanos, nos dividimos entre aqueles que os deuses, divertidos, guiam por bosques estranhos para depois esquecê-los à beira de algum precipício numa noite sem lua, e os outros que abrem caminho sozinhos, por trilhas bem iluminadas. Nunca perdi meu rumo. Mesmo que estivesse enchendo de letras a cartilha ou de notas a carteira, sempre fui disciplinado, sempre soube o que estava fazendo. Não é verdade que certas constelações e ventos favoráveis são necessários para que nosso destino se cumpra; só é preciso uma barca sólida e alguém que reme para nós. Isso é importante: algum pobre coitado obediente. Bevilacqua serviu a meu propósito, sem que eu mesmo soubesse disso na época.

Acho que, de alguma forma, minha sina foi ditada por meu físico. Meu apelido não é um apelido; é, desde cedo tive de entender, o nome exato. O outro, meu nome de batismo, é que é o falso. Ninguém com a minha aparência pode se chamar Marcelino Olivares. Ninguém. Desde menino, fiel leitor das *Aventuras de Pinóquio*, sempre soube que eu era minha própria caricatura, meu herói, mas pelo avesso, um menino transformado num repugnante pedaço de lenha. Isso tinha uma vantagem: era impossível caçoar de mim porque eu era a própria piada. Não é possível parodiar uma paródia. Braços curtos, pernas tronchas, um torso de barril e uma cara que inspirava mais nojo que desejo, esse sou eu. Principalmente minha cara, como uma daquelas que os escultores românicos colocavam nos contrafortes das igrejas para afugentar o diabo. Não que eu quisesse ter tido uma dessas outras, doces, leves, angelicais, que decoram com um imbecil beneplácito as colunas internas. Mas talvez algo intermediário, severo mas minimamente atraente. Pouco importa, porque de nada serve o *quem dera fosse assim*. A verdade é que, feito como eu fui, estava claro que apenas duas carreiras me seriam oferecidas: as armas e as letras. Dediquei-me a ambas.

Sob o olhar severo do general Batista, cujo retrato decorava cada sala de cada repartição, alistei-me ao completar vinte anos; o sargento que anotou meus dados quis saber se eu preferia ser chamado de Chancho ou de Sapo. Não sei por que escolhi o primeiro, talvez porque a raça porcina se associe mais ao mundo odorífero e a dos batráquios ao tátil.

Ao breve autorretrato que acabo de esboçar devo acrescentar mais um traço desagradável: meu olfato. Um dia, adolescente, acordei em meio a um fedor atroz. Procurei a causa e não descobri, então perguntei a minha mãe o que era aquilo que cheirava tão mal. Foi assim que eu soube que aquele cheiro não existia para os outros, somente para mim, graça divina. Certas moléculas em meu esqueleto químico produziam em minha mente a impressão de algo constantemente hediondo, uma alucinação olfativa, um fantasma fétido que para os outros era inexistente. Vivo com ele. Dizem que o imperador Germânico sofria do mesmo mal. Quanto a mim, acostumado que estou com sua presença (visto que mais de sessenta anos de médicos e curandeiros não conseguiram tratar minha doença), dei-lhe um nome: chama-se Rubén, como meu pai. Rubén mora em minhas narinas dia e noite. Nunca estou sozinho.

Você acredita em reencarnação? Eu, sim. Acho que esta carne, este cérebro, estes dedos pitocos se dissolverão em cinzas, mas também que a imaginação desta carne, deste cérebro, destes dedos, será recombinada sob uma outra forma que ainda não conheço. Tamanduá, por exemplo, o que justificaria meu atual nariz. Uma aranha gorda mas de patas curtas, reduzida, bordando seus desenhos com a própria saliva, como eu fazia em meus escritos. Ou, por que não?, uma árvore chata e forte, lançando raízes na merda, como faz essa profusão de ípsilons — *yaicuajes*, *yagrumas, yaitís, yabas* — que esgaravatam e se retorcem em minha terra natal. Isso faria bom uso de Rubén, habitante do lamaçal.

O que teria pensado meu avô basco de seu horripilante neto! Eliades Cemí Olivares chegou a Cuba no século XIX, arrastando consigo seu irmão caçula, Miguel. Com prazerosa simetria, Eliades e Miguel se casaram com Martina e Socorro, duas irmãzinhas de Camagüey um pouco mais negras que mulatas, que regularmente, a cada nove meses, deram-lhes ninhadas de filhos. A meu pai coube um dos lugares intermediários na extensa prole que meu avô foi semeando ao longo da ilha.

Talvez por espírito de contradição e não pela repulsa que sentiu ao me ver, meu pai limitou sua própria prole a um. Não tinha afeição por mim. Talvez essa falta tenha ditado sua parcimônia sementeira; os pontapés e as surras a que se resumiu nossa relação confirmam, de certo modo, minha teoria. Minha mãe lhe pedia que não me matasse; meu pai obedecia, parando nesse umbral que separa o corpo presente da alma ausente. Minha mãe, sim, gostava de mim. Da altura de seus joelhos, ela me prometia que dentro de alguns anos eu seria como os outros meninos, e tentava beijar minha nuca quase inexistente, entre minha orelha exagerada e meu ombro exagerado, com paciência de beija-flor. Sua promessa de normalidade nunca se cumpriu, claro. Mas viver sempre à margem da existência teve muita serventia para mim quando mais tarde, em momentos difíceis, o desânimo me tentou a pôr um ponto final em tudo. Aprendi a não sofrer de vertigem.

Entrei muito jovem no exército cubano, quando ele já estava começando a combater os rebeldes na Sierra. Na época aquilo ainda não era coisa séria, embora (talvez para nos impressionar), junto com o uniforme e as armas, o coronel, um entusiasta dos filmes de guerra, tenha entregado a cada recruta uma pequena cápsula amarela e preta que continha, segundo ele, cianureto, e que devíamos romper com os dentes se caíssemos nas mãos do inimigo. Essa cápsula, que batizei de minha abelha, acompanhou-me ao longo dos anos e de inimigo em inimigo.

Nossa missão, quando não estávamos bebendo ou nos pegando no quartel, era ir atrás dos rebeldes que desciam do monte para roubar comida e munições. Chamávamos isso de caça alimária, e fazíamos apostas para ver quem ia ser o primeiro a achar um matuto. Poucos de nós ganhavam. De noite nos mandavam patrulhar as ruas, para garantir que os *marines* americanos terminassem em paz suas sobremesas no Miami Prado ou no Neptuno, ou para varrer das esquinas algum inquieto, que depois, ao amanhecer, era preciso baixar do poste, enforcado. Nada se compara com a aurora em Havana.

Não tenho talento de caçador. Quando nos enviavam naquelas missões, eu ficava na retaguarda, meio arrastado pela coluna de jovenzinhos garbosos e sorridentes. Certa vez chegamos a uma choupana na praia, onde nos disseram que encontraríamos um camponês que se apropriara de dois porcos de um sítio vizinho. Fomos recebidos por uma mulher pequena, negrinha, de cenho franzido. "O que vocês estão procurando?", perguntou, antes que conseguíssemos dizer alguma coisa. "Severo Frías", respondeu nosso sargento. "Aqui ele não está." "E você, quem é?" "A mãe." "Vamos entrar para procurá-lo." A mulher nos olhou com raiva. "Estou dizendo que ele não está." "Vamos entrar do mesmo jeito, senhora. Para termos certeza." "Então tirem as botas. Acabei de limpar o chão e vocês não vão sujar tudo de novo com esses sapatões cheios de merda." O sargento ordenou que nos descalçássemos. Quando começamos a entrar, a mulher me deteve. "Este não", disse ao sargento. "Vai enfeitiçar minha casa." Esperei lá fora enquanto meus companheiros faziam a busca. Não encontraram nada. Nunca disse ao sargento que, enquanto eles punham as botas novamente e se despediam da mulher, eu vi um par de olhos brilhando sob a varanda. Antes de irmos embora, olhei para a mulher e sorri. Ela continuou de cenho franzido.

Saí de Cuba pouco antes das primeiras ameaças do dr. Castro, num desses barcos que partem com serpentinas e chegam com cornetas e balões. Não sou heroico. Disse que minha vocação bicéfala foram as armas e as letras: sim, mas nem me matar nem escrever pela vontade de publicá-las. Nossa obrigação nesta vida é nos salvar, não morrer. Nesse sentido, a atitude militar é a justa. (A verdadeira, não a daqueles coitados que são postos na primeira fila e se arriscam como os porquinhos que nos filmes de Johnny Weissmuller os caçadores colocam num fosso para atrair o tigre.) Criar um inimigo, planejar o ataque, prever a defesa, saber bater em retirada. Foi assim que apareci na embaixada de Cuba em Buenos Aires no verão de 1952.

Não sei se você sabe o que é se apaixonar. Entrar num outro estado, uma cosmografia que abarca tudo. Não a ilusão do amor, isso que dizemos que algum dia vai chegar ou o que pensamos, apesar de tudo, estar vivendo no presente. Não a convicção de um atrativo exterior, a justificativa racional de um enlevo. Estou falando do cativeiro absoluto, mãos e mente, da entrega incondicional, irrevogável. Saber de repente: *já não me pertenço, sou inteiramente seu, vivo porque ela vive e vivo só para ela*. Comparo isso a uma tradução. Eu inteiro em outro idioma, inteiramente lido, agora, através de sua linguagem que devo aprender daqui para a frente como um dia aprendi minhas primeiras letras. *Saberei quem sou quando souber quem você é*. É disso que estou falando.

A filha de nosso *attaché* comercial tinha dezessete anos na época. Antes dos jantares nos quais o embaixador surpreendia seus convidados, incapazes de imaginar uma formalidade caribenha, com menus detalhados em finíssima caligrafia francesa, compoteiras de porcelana da Boêmia transbordantes de frutas indecorosas, réstias de talheres de prata distribuídos a torto e a direito em tamanho minguante, e vinhos quiméricos vertidos em taças de cristal Baccarat, eu me entretinha contando à menina histórias de canibais que devoram uns aos outros e de selvagens cuja cabeça cresce debaixo de seus ombros. Seduzi minha Desdêmona com a voz.

Você vai ficar surpreso de descobrir que sou um homem pouco inclinado a mudanças. Acato as convenções. Em geral, escrevo segundo as regras da Real Academia, compartilhadas com a Academia Cubana de la Lengua e que não são piores que outras. Minhas frases têm seu verbo, meus sujeitos seu predicado, meus pronomes sabem diferenciar o acusativo do dativo. Uso gravata. Nunca me sento para comer em mangas de camisa. No domingo não trabalho. Casei-me com Margarita assim que ela completou dezoito anos, os dois virgens. Minha sogra chorava. "Nunca vi homem mais feio."

Minha nova família me ofereceu, entre outras coisas, vários privilégios: uma casa burguesa perto do Bosque de Palermo, um pequeno cargo (revogado no fatídico ano de 1959) na embaixada, a amizade formal com vários escritores e personagens do mundo editorial e, sobretudo, relações cordiais com diversos militares argentinos que adquiriram certa notoriedade depois da fuga do general Perón. Soube aproveitá-los. Entre as letras e as armas devem-se tecer pontes. Sabemos (lemos no *Quixote*) que ser eminente naquelas custa tempo, vigílias, fome, nudez, desmaios, indigestões e outras coisas; nas segundas, custa tudo o que foi dito e ainda o risco de perder a vida. Eu, de minha parte, aceito que seja assim, mesmo não tendo sofrido isso na própria carne. Então, resolvi pôr a serviço do exército (por exemplo, o tempo, as vigílias etc.) minha experiência literária. Os militares precisavam de argumentos; dei isso a eles.

O problema, como quase todos os problemas de quem detém o poder, era simples. Do outro lado da lei (quer dizer, do lado dos que não têm esse poder mas o cobiçam) existe uma robusta economia paralela. Negociatas, pagamentos, cobranças, interesses, bancarrotas e fortunas se fazem e se desfazem nessa Wall Street das sombras. Quando os dois lados se enfrentam (o que não é tão frequente quanto se poderia imaginar) e o lado do poder vence (coisa tampouco tão habitual quanto reza a moral das histórias), as regras do jogo exigem que as fortunas secretas mudem de mão. Esse transvasar, mudo e obscuro, levantaria, se fosse feito à luz do dia, um bafo pior que o de meu pobre Rubén: revolveria o lodo de décadas, traria à tona cadáveres e podridões dos quais ninguém quer se lembrar. Portanto, nesses casos, requer-se um Caronte que, acostumado às trevas, transporte o dinheiro-fantasma do lado dos vivos para o outro, o dos imortais, dos suíços, por exemplo. Discretamente, ofereci meus serviços. Discretamente, os militares aceitaram. Se você os tivesse visto, vestidos com seus uniformes outonais, estendendo suas mãos repletas de amor pela outra margem.

Durante anos, de um governo a outro, servi de carregador para esses insignes senhores, transportando, por uma comissão modesta, somas invisíveis para o olho público, de uma caixa-forte de La Plata ou Córdoba aos cofres quase anônimos de certos bancos europeus. Supersticioso também: por via das dúvidas, minha abelha talismânica sempre esteve em meu bolso. Nunca cometi um erro, nunca me atrasei, nunca abri a boca, nunca me esqueci de nada. Cumpri minhas funções com o mesmo rigor com que escrevo. Não há verdadeiros sinônimos nem nos negócios nem na literatura. Nada é "como se".

No início da nova década, uma fonte inédita começou a

incrementar o caudal vertido em minhas ânforas, ou melhor, nas ânforas a mim confiadas. Os subversivos (como meus clientes os chamavam) recorriam agora ao sequestro e ao assalto para angariar fundos; com uma frequência cada vez maior, esses fundos acabavam nas mãos enluvadas de um coronel, de um almirante ou de um general. Coube a mim canalizá-los. Fiz isso com minha proverbial diligência. Só que, dessa vez, decidi que, para maior risco, maior recompensa. Sem querer incomodar os senhores com a insignificância de um pedido, peguei o que (a meu ver) me cabia e, hábil como sou para a arte da ficção, bordei um relato para justificar as cifras. Tudo funcionou às mil maravilhas três, quatro vezes. Na quinta foi diferente. Um superescrupuloso coronel fez as contas. No aeroporto, ao voltar de Genebra, um oficial da imigração pediu-me que o acompanhasse. A noite toda me encheram de pancada, exigindo o número da conta secreta. De madrugada, eu dei a eles. Não lhes ocorreu que havia duas contas. Passei várias semanas naquele lugar de cujo nome não quero lembrar, encapuzado, agrilhoado, pelado no chão, com uma música chamamé tocando sem parar entre as quatro paredes cegas. Antes de dormir, eu enchia os ouvidos de papel para que as baratas não os invadissem. Desses dias me restam o temor do ofuscamento e a obrigação de usar óculos escuros.

Durante meu sequestro (a palavra "detenção" traz ecos de uma parada no caminho, de uma interrupção momentânea de atividades, não de um estupro), pensei que alguém na comunidade de anjos literários talvez ouvisse minha ausência. Ninguém fez isso. A lista de supostos amigos para os quais meu desaparecimento foi prova de minha não existência é longa. Fazia muito tempo que eu já não tinha vínculos com a embaixada na qual o *jabot* havia sido substituído pela barba e o retrato de Batista pelo dos heróis da Revolução, sem menoscabo, no entanto, nem do champanhe nem das ostras. Meu editor (porque houve um, Gastón Asín Hajal, pornógrafo de vocação e agiota na prática, e a quem desejo um inferno medular, agônico) ordenou que meus livros fossem discretamente liquidados para que, ao menos em seu catálogo, não houvesse nenhum rastro de minha passagem.

A traição tem seus artistas. Políbio, numa das tantas páginas que restam das muitas mais que se perderam, diz que não é fácil saber quem deve ser considerado propriamente um traidor. Diz que, *a priori*, não deve ser tachado dessa forma um homem que, por vontade própria, põe-se a serviço de certos monarcas ou regentes para cooperar com eles, nem aquele que, em circunstâncias críticas, incita seus concidadãos a romper antigas alianças ou amizades para fazer novas. Políbio parece preferir o infamante rótulo de traidor para aquele cujas ações tendem a beneficiar quem as executa: quem denuncia um amigo para salvar a si mesmo, ou quem entrega as chaves da cidade em nome de ambições pessoais. Meus traidores (exceto um, mas dele falarei depois) foram mais refinados. Simplesmente não fizeram nada. Hajal negou que me conhecia. Ele, um cocainômano flácido que fez seu o lema de Apeles, *nulla dies sine linea*, vestiu-se de virtude e puritanices. Fingiu-se de desmemoriado, disse que minha figura grotesca se apagara de suas lembranças literárias e que, de qualquer modo, um editor como ele não tinha nem obrigação nem fundos para ajudar todo escritor que um dia se vestiu com seu *imprimatur*.

De todos os pecados, a teologia nos ensina que os de omissão são os mais interessantes e complexos. Eu mesmo, como sempre fui um escritor oculto, de uma discrição exemplar, quase obsessiva, ofereci a meus amigos a justificativa de suas traições. Todos eles puderam dizer que meu desaparecimento não passava da sequela esperada e normal de meu conhecido estado de presença indecisa.

Somos muitos, imagino, os que fiamos nas sombras. Meus livros (afora algumas antologias de textos alheios, algum conto curto, algum romance frustrado ao qual Hajal acrescentou um título obsceno e uma e outra explicação anatomicamente exagerada) não foram publicados. Ver mês após mês as estantes das livrarias se encherem de novidades asquerosas que oscilavam entre a pretensão brega e o ardor documental me enfurecia. Hajal, a quem credulamente expus meus sentimentos, disse-me com um sorriso que o verdadeiro nome dessa fúria era inveja. Em certa medida, ele tinha razão. Dizem que durante uma noitada à qual estava presente Oscar Wilde, os comensais discutiram o tema da inveja literária. Wilde improvisou a seguinte fábula. O diabo encarregou seus demônios de fazer um ermitão muito santo cair em tentação. Os demônios tentaram tudo, mas nem os mais deliciosos manjares, as mais belas mulheres, as fortunas mais descomunais conseguiam distrair o ermitão de suas devoções. Impaciente, o diabo disse a seus sequazes: "Não é assim que se deve proceder; olhem e aprendam". E, aproximando-se do santo homem, sussurrou-lhe no ouvido: "Seu irmão foi nomeado arcebispo de Alexandria". De imediato, um esgar de inveja furiosa cruzou o rosto do ancião.

Ora, essa inveja, essa fúria, que (como eu já disse) Bevilacqua desconhecia, foi cultivada por mim pacientemente. Estou convencido de que é um bom adubo para a imaginação que, ao fim e ao cabo, é um excelente instrumento para nos vingarmos da vida. Acho que não me engano ao dizer que alimentei minha fúria com elegância deliberada, se é que se pode falar de elegância em alguém com traços como os meus.

Talvez tenha sido o fato de eu jogar lenha na fogueira que me deu, durante aqueles dias infernais, a paciência e o alento necessários para sobreviver, e também, paradoxalmente, a esperança de que minha situação mudaria. E assim foi. Nada em minhas circunstâncias sugeria essa mudança, a não ser minha vontade, e a vontade, estou convencido disso, costuma informar nossa realidade. O que não acontece não acontece porque não o desejamos o bastante.

Um dia fui transferido para o edifício que chamavam de El Sumidero. Lá também, naturalmente, praticava-se a tortura, mas junto aos calabouços profissionais havia celas mais ou menos (mal me atrevo a usar o adjetivo) confortáveis. Instalaram-me ali. Talvez como recompensa por eu ter dado a eles o número da conta, talvez porque um daqueles rufiões pensou em aliviar sua consciência proporcionando-me uma estação no limbo, ou talvez (o que é mais provável), na desgraçada lógica do sistema, alguém calculou que a tal ato de contrição correspondiam tais louros. De repente pude me lavar, usar papel higiênico, comer alguma coisa reconhecível, dormir coberto com uma manta, sentar-me sem grilhões nem capuz a uma mesa, voltar a proteger meus olhos com óculos escuros, ter livros para ler e papel para escrever. Inacreditavelmente, permitiram que Margarita me visitasse. Pedi a ela que trouxesse minha abelha, por via das dúvidas, embora soubesse que eu nunca aceitaria usá-la. O paraíso se define conforme nosso conhecimento do inferno.

Por amor a Margarita (que dá seu nome a tudo) comecei a escrever. Escrevia todos os dias, febrilmente, desde a primeira luz até as primeiras ordens para sair, para comer, para deitar. Ter Bevilacqua a meu lado acelerava o ritmo da minha escrita; confiadamente experimentava nele uma linha, um capítulo e, se soava adequadamente, eu o vertia no papel. Bevilacqua era meu rascunho. Meu texto crescia a olhos vistos. (*Febrilmente, confiadamente, adequadamente, a olhos vistos*: essas palavras traem minha presença. Todo autor se descobre em seus advérbios.)

Eu disse que meus sentimentos aguçam minha intuição, permitem que eu avance nos túneis do futuro para descobrir quais serão, quais poderão ser, as minhas circunstâncias futuras. Intuo, adivinho (ainda que adivinhar sugira improvisação) meu destino. Rubén é meu canário nesses casos. Fareja antes de mim a falta de oxigênio. Seu bafio imundo aumenta se há perigo de asfixia, avisa que devo me preparar. E, é claro, eu faço isso.

Rubén estava inquieto. Seu cheiro me acordava no meio da escuridão, como se tivesse aumentado subitamente de caudal e intensidade. Alguma coisa estava para acontecer. Margarita tentava me acalmar. Durante as noites em que lhe permitiam ficar ali (algum carcereiro libidinoso sempre aparecia para nos espiar, como quem espia a cópula de dois animais), pedia que eu me tranquilizasse, contava que lhe diziam que agora faltava pouco para que tudo aquilo acabasse e que haviam garantido a seu pai que minha libertação não demoraria a chegar. Mas Rubén insistia. Eu devia me preparar.

Dormi o mínimo possível, escrevi o máximo. Cheguei quase exânime à última palavra. Trezentas páginas elaboradas com esmero. Peguei uma folha em branco e escrevi o título em letras maiúsculas. Tive a precaução de não assiná-la. Um dos muitos paradoxos daquele lugar estava em que as poucas visitas eram escrupulosamente revistadas tanto ao sair quanto ao entrar, e que era terminantemente proibido levar cartas ou escritos dos presos. Os libertos, por sua vez, que eram em número ainda menor, tinham o direito de levar consigo uma bolsa ou mala que era aberta apenas ao se cruzar a porta de entrada. Vi (nada na natureza humana me surpreende) um rapaz cruelmente torturado sair levando em sua sacola a pequena pinça de um de seus torturadores.

Na manhã seguinte, eu disse a Bevilacqua que, se porventura ele saísse antes de mim daquele lugar (nunca quis imaginar a possibilidade de que nenhum dos dois fosse sair), levasse meu manuscrito consigo. Surpreso, acho que emocionado, ele me prometeu que sim. Bevilacqua era o que chamávamos, nos dias da inocência agora perdida, de um homem honesto. Você sabia que por volta dos anos 1970, na Argentina, a palavra "honesto" começou a adquirir uma conotação de sonso, bobo? Ouvi um homem de negócios dizendo, com desprezo, de um pobre coitado que ele havia enganado: *Fazer o quê, é um homem honesto!* Curioso como, durante uma ditadura, as palavras se infestam de política, perdem seu sentido nobre, começam a mentir para si mesmas. A língua é um pequeno músculo curtido, e vai aonde lhe dá na veneta. O nariz, em compensação, é como um cão fiel.

Rubén me avisara de que alguma coisa iria acontecer. Quando os guardas entraram e vendaram meus olhos, soube que meu fiel farejador não se enganara. Então ouvi uma voz clara, profunda, agradável, me anunciando, com uma fórmula de pêsames que demorei a entender, que Margarita não viria mais. A voz ressoou em minha cabeça como se tivessem me dado um soco. Com vocábulos precisos, melosos, a voz repetiu a mensagem. Soube o que ela dizia, mas fiquei mais furioso com o fato de a voz ser tão cortês, tão risonha, tão deliberada do que com a incrível notícia com a qual meu mundo desmoronava. *Então é isso*, disse-me, *o impossível aconteceu. Margarita não está. Margarita está morta.*

Uma cólera imensa, cósmica, me invadiu. Percebi que nada do que acontecera até então me importara verdadeiramente, nem a dor, nem o medo, nem a falta de liberdade. A voz me fazia saber que essa era a primeira perda, e a única. Senti como se tivessem me partido em dois, como se tivessem me arrancado metade do corpo.

Uivei, me debati, jurei fazer coisas terríveis, sem saber que coisas seriam essas. A voz me disse frases conciliadoras, convicta de me provocar, como quem finge apagar um fogo jogando óleo nele. *Dê o tal número e nós deixamos você vê-la pela última vez. Dê o número, pois agora já não tem serventia pra você, ela num caixão de pinho, você trancado entre quatro paredes. Dê o número pra gente e pode sair, pra que ela não seja enterrada como um cachorro em qualquer vala por aí.*

Levantei-me e lancei meu corpo na direção da voz. Um soco me fez sentar de novo. Em meio ao sangue que me subia aos olhos vendados, vi Margarita entre lampejos de luz, vi-a dissolver-se em algo líquido e brilhante, e depois mais nada. Então me levaram junto com outros para outra cela e me fizeram dormir com golpes e soníferos veterinários.

Não me lembro direito dos meses seguintes. Escuridão, gritos, comidas, algum interrogatório menor, mais escuridão... Tinham quebrado meus óculos, de modo que a penumbra era um alívio para mim, não um sofrimento. De vez em quando, das sombras, a voz me falava. *Dê o número pra gente e levamos você até onde ela está, ainda dá tempo, o corpo demora pra se decompor.*

Um dia apareceram na cela uns diplomatas cubanos acompanhados de um general carrancudo, e deixei El Sumidero para sempre. Cheguei a Estocolmo em meio a uma tempestade. Foi meu primeiro contato com a neve.

Morei num alojamento que tinha algo de hospital e de convento. A brancura asséptica do lugar ressaltava minhas deficiências físicas e feria meus olhos. Os suecos me deram novos óculos escuros. Eu não conseguia encontrar um motivo para me levantar de manhã, quando uma freira ruiva e sardenta ia levar meu café da manhã. Sem Margarita, faltava tudo. Se eu punha um pé para fora das cobertas, tinha a impressão de que ia cair no vazio. Então recebi uma carta.

É curioso que nenhum leitor tenha entendido que meu único tema é o amor. Foi o amor, eu deveria dizer, pois não escreverei mais. Porque demorei tantos anos para entender que ela me bastava, que não requeria uma nota explicativa, não precisava ser contada. Então o tempo mudou, graças a ela que tudo ocupa. Antes eu tinha pouca fé, dizia que não era possível, que sem fazer alguma coisa meu mundo se dissiparia, como esses rostos que tentamos recuperar num devaneio. Agora, com sua carta na mão, eu não precisava nem respirar. Ela estava viva: portanto, tudo continuava existindo. Nada continuava sendo posto em dúvida. As manhãs já não seriam um espaço de espera para a noite, nem a noite uma manhã demorada. As ruas voltariam a ser ruas, não mapas de um encontro, e as casas, casas, não muralhas que escondiam um quarto vazio. Ela, sempre à beira do incrível, tinha voltado. Ela, sem a qual não teria havido palavras, uma vez que a tinta era a de suas veias, as folhas estavam feitas de sua pele. Eu era, eu sou, o supérfluo, o desnecessário. Eu sou a redundância grotesca.

Aqui eu poderia criar um longo suspense ao qual os filmes de espionagem nos acostumaram, mas isso seria, deliberadamente, má literatura. Margarita estava na Espanha. Ao chegar a El Sumidero naquela tarde, tinha sido avisada de que, se não quisesse que nada me acontecesse, não devia ir me visitar mais; pouco depois, aconselharam-na a sair do país. Conseguiu que a embaixada da Venezuela a acolhesse em Madri; de lá, esperava havia meses notícias minhas que não chegavam. A voz quisera me fazer acreditar que eu tinha perdido tudo, que de nada me valia manter secreto o número da segunda conta, que de qualquer modo eu chegara ao último parágrafo da minha história. Como o amigo de Jó, a voz me aconselhava: *Confesse e morra.*

Li a carta, levantei-me, preenchi formulários, pedi que me levassem ao aeroporto, cheguei a Barajas naquela mesma noite.

Margarita agora trabalhava na embaixada venezuelana em Madri; não foi difícil para ela me conseguir um pequeno cargo de contínuo. Minha ocupação não me importava. Estava com Margarita, estava fora da prisão. Certamente, como já disse, não voltaria a escrever. Agora eu não sentia mais essa comichão, essa sede que sentira na cela. Como se quisesse calar o eco da voz infame, construí meus dias madrilenhos em torno dos horários de Margarita, e quando me encontrava com ela uma calma profunda, sereníssima me envolvia e eu adormecia navegando mansamente sob um céu estrelado. Não precisava de mais nada. Quando voltamos a encontrar algo que perdemos, esse algo ocupa todo o espaço concebível. No meu caso foi assim.

Essa atmosfera de letargia abençoada durou alguns meses. Nenhum impulso interior, nenhuma pulsão externa me seduzia. Encontrava-me num estado de presente puro, longe de tudo, exceto de Margarita. Assim eu soube que nenhum apaixonado absoluto escreve. Porque, não sei se você concorda comigo, nós, escritores, somos essencialmente infiéis, passamos de uma paixão a outra, nunca nos dedicamos apenas a uma em particular.

Estávamos em Madri, mas poderíamos estar em qualquer outro lugar. Saíamos para caminhar ou ficávamos no apartamento que a embaixada arrumara para nós: dava na mesma. Fizemos uma ou outra excursão a Toledo, Alcalá de Henares, Chinchón: pouco importava. Agora tudo acontecia como se mais nada pudesse acontecer ou tivesse acontecido. Há insetos que passam de crisálida a borboleta em poucas horas, e depois morrem. Vivíamos assim. Então, certa noite, Margarita me contou que tinha visto Bevilacqua.

Foi um acaso, uma surpresa. A verdade é que tínhamos nos esquecido dele, como tínhamos nos esquecido de tudo. Margarita quis cumprimentá-lo, contar a ele sobre minha sorte, perguntar como estava. Mas Bevilacqua fugiu como um animal perseguido e Margarita não entendeu por quê.

O certo é que a noite em que Margarita me contou que o

havia visto foi uma noite de naufrágio. Com a lembrança de Bevilacqua, voltou a de meu livro, meu Robinson, salvo, talvez, certamente salvo. Porque não estou mentindo ao lhe dizer que, feliz com Margarita, eu não pensava mais no meu *Elogio de la mentira*. Agora, de repente, esse encontro me fez lembrar do mosaico daquelas páginas. Como se obedecesse a um capricho, disse a Margarita que gostaria de resgatá-las.

Fizemos planos, felizes. Edição, público, resenhas. Algum reconhecimento, o atrevimento de imaginar uma carreira, uma vida nova, ancorarmos outra vez no tempo e no espaço. Mesa, papel, tinta. Contar histórias. Fiar palavras.

Deixamos passar alguns dias. Então, num dos jornais, vimos o anúncio do lançamento de *Elogio de la mentira*. Autor: Alejandro Bevilacqua. Meu *Elogio*. Seu livro. Imagine. Eu me senti abusado, violentado, traído por um ventríloquo, um cinzento apagador de fogo, um bebedor de água.

"Vamos vê-lo", disse Margarita.

Fomos ao lançamento. Não porque eu quisesse receber as glórias, entende? Não me importo com os eternos louros que os argentinos se gabam de ter conseguido. Um de meus compatriotas tropicais, cujo devido reconhecimento não soube alcançá-lo senão no umbral da morte, afirmou ter vivido sempre "meio em estado de graça". Eu também senti isso. Assim como suportei a indiferença com total dignidade, algum dia, disse a mim mesmo, suportarei a fama com total indiferença. Se houver fama.

E eu tinha Margarita.

Mas ver aquela multidão reunida sob os auspícios de um editor vaidoso para comemorar, em nome de um impostor, o parto daquilo que eu havia concebido, envenenou meu sangue. Lá estavam: os escrevinhadores, os cacógrafos, os datilógrafos, os empenachados. Lá estavam: os balbuciantes, os gagos, os declamadores oficiais. Todos aqueles imitadores que me condenaram por meus empenhos extraliterários do alto de suas latrinas estavam ali, aplaudindo agora o que não sabiam que era meu. Margarita apertou minha mão, mas não era coragem o que me faltava.

O livreiro tinha disposto várias filas de cadeiras. Estávamos sentados na última. Quando Bevilacqua subiu ao palco, olhei fixo em seus olhos. Então ele me viu. Você já sabe o que aconteceu depois.

Era tarde demais para reclamar meu *Elogio*, mas eu precisava falar com Bevilacqua, ouvir suas explicações, que, eu sabia, seriam incríveis. Mas afinal, o que você queria?, perguntará você. Não sei se algum dia eu soube. Desfazer esse outro passado, talvez, desfiar esse tecido de eventos para voltar ao ponto no qual fui despojado. Afinal de contas, não é isso que sempre desejamos? O fato de algo ser impossível não significa que não tentemos alcançá-lo. Todo viajante autêntico se empenha em aventurar-se além das Colunas de Hércules.

Margarita descobriu que Bevilacqua se refugiara no apartamento daquele outro argentino que se fazia passar por francês entre os espanhóis. Fingimos um encontro para que o vigilante nos deixasse entrar. O semblante de Bevilacqua ao abrir a porta me comoveu, ou quase me comoveu. Do fundo da livraria eu não tinha notado como meu companheiro de cela envelhecera.

As formalidades servem para momentos como aquele. Convidou-nos a entrar; entramos; ofereceu-nos um assento; sentamos. Sorriu. Sorri. Margarita sorriu.

"Amigo", começou o enganoso ladrão, "não sei se vai acreditar em mim, mas estou contente de vê-lo."

E então me contou o que acontecera.

Margarita e eu o escutamos com uma paciência que nos surpreendeu. Sua partida de Buenos Aires, sua chegada a Madri, seu encontro com os outros exilados, o rapto da ardilosa Andrea, a transformação literária de Chancho em Bevilacqua.

"Amigo, eu nunca pensei em tirar nada de você. Seu manuscrito, acho que eu nem me lembrava que estava comigo. Com tanto esforço para esquecer o que aconteceu naqueles anos, desapareceu também o que merecia ser lembrado. Não me culpe, juro que eu nunca quis enganar ninguém."

O miserável dificilmente inspira piedade. Ao contrário, um cão sarnento incita ao apedrejamento. No entanto, senti pena de Bevilacqua. Ali estava, meu pobre judas, com sua glória escangalhada, me pedindo desculpas como se tivesse se mijado nas calças. Eu não tinha tirado o casaco, Bevilacqua evidentemente preferia a calefação alta, e a situação imprecisa que me desorientava, como num leve pesadelo, me fez sentir abafado, incomodado. Pedi que abríssemos as janelas da sacada.

Então a campainha tocou. Bevilacqua se levantou, fez um gesto de silêncio e nos deixou sozinhos na sala. Ouvimos um cacarejo apaixonado, duas ou três palavras de Bevilacqua, e só. Minutos depois, ele voltou a sentar-se conosco e, sem nos dizer quem o visitara, continuou seu *excusatio*.

Falou, sem muita inteligência, do *Elogio*, mas não como eu me lembrava de minha obra, como eu sabia que era, e sim como de um livro de antiga leitura. Falou do *Elogio* como de um conhecidíssimo clássico, cuja excelência torna todo comentário banal e repetitivo. Menos que me despojar, ele se despojou do *Elogio*, dizendo várias vezes que não era dele, que todos acabariam sabendo disso, que a foto do autor que enfeitaria a orelha das próximas edições seria a minha, que sem dúvida eu também não me importaria com esse detalhe.

Você, naturalmente, nunca ouviu Bevilacqua falar, nunca o escutou se perder num relato. Não era um homem literário. Quer dizer, o ouvido de seus interlocutores não guardava nem o sentido nem o argumento de suas palavras, e sim uma espécie de cantilena repetitiva e monocórdia, rítmica, ímpar, *de la musique avant toute chose*. Tínhamos ido interpelá-lo; ele nos interpelou com seu tamborilar. Falava como quem se deleita com o que diz. Mas não sorria, sorrir era impossível para ele. Quando tentava, ou tentava fazer o gesto que outros reconheceriam como um sorriso, seu rosto se partia em dois, seu nariz se dilatava, seus olhos se dobravam como se estivessem enfocando a jugular de seu interlocutor, e a cabeça inteira, ossuda e grisalha, tombava para baixo, não para trás, não como quem se delicia, mas como quem vai atacar.

Não estou exagerando: sua retórica séria nos seduziu. Tínhamos ido vê-lo porque queríamos que nos devolvesse o que era meu; quando acabou de falar, não restava nada para devolver. O *Elogio* não era de ninguém, senão de seus leitores; o Marcelino Olivares que o assinaria no futuro era apenas mais um personagem nessa obra sequestrada; o Bevilacqua supostamente pirata era um miserável apócrifo sem barco nem bandeira. Nossa história involuntariamente comum se dissolvera num mar de confusões e mal-entendidos. Meu ladrão se tornara vítima, como eu. E agora eu o consolava e Margarita, minha Margarita, me dava ânimo para consolá-lo.

A campainha tocou de novo, interrompendo o que prometia se transformar num momento patético. De novo Bevilacqua nos pediu silêncio, de novo fechou a porta a suas costas, de novo nos dispusemos a escutar. Então, como se viesse de um aposento remotíssimo, quase esquecido, ouvi a voz, outra vez precisa, outra vez melosa, outra vez amável. A voz queria saber o que havia acontecido. Que se ele pensava ter enganado os outros, devia entender que não o enganara. Que tinha chegado a hora de esclarecer tudo. Que deixasse de besteira e que lhe dissesse o que havíamos planejado, Bevilacqua e seu criado.

“Não sei do que você está falando”, respondeu nosso pobre amigo. “Mas, se quiser, pergunte diretamente.” E abriu a porta da sala.

Você nunca conheceu Gorostiza, e não sei se já lhe mostraram alguma foto dele. Eu, claro, nunca o tinha visto. Seu aspecto era o de um poeta russo: cabelos caídos de um lado da testa, casaco preto e pesado, sempre segurando um livro com sua mão enorme de camponês, embora eu não acredite que ele algum dia já tivesse sido devoto do trabalho braçal. Quita já me fora apresentada: ele nunca.

"Olá, Chancho", disse a voz, deixando cair sua sacola com as garrafas roubadas sobre uma cadeira. "E olá, senhora. Fico feliz em ver que ressuscitou."

"Já estávamos de saída", respondeu Margarita. E fazendo um gesto para mim, dirigiu-se à porta.

"Fiquem, pois esse assunto é do interesse de todos. Eu estava perguntando ao companheiro Bevilacqua como pensavam em dividir os fundos suíços."

"Não sei do que você está falando", disse Bevilacqua.

"Estou falando de fundos, de grana, de pilhinhas de notas verdes num certo banco de Zurique. Pergunte ao seu amiguinho, que está bem por dentro do assunto, não é, Chancho?"

Como se fosse o dono da casa, foi até as janelas e fechou-as. Bevilacqua deu duas passadas largas e abriu-as novamente. Então, aproveitando que os dois pavões machos se enfrentavam abrindo e fechando as folhas da sacada, peguei minha fiel abelha e a deslizei numa das garrafas da sacola de Gorostiza. Como os livrinhos, *habent sua fata apis*.

"Sim, nós já vamos", confirmei, pegando Margarita pelo braço.

Antes de fechar a porta, me virei e consegui dizer a Bevilacqua que ele estava de parabéns, que o *Elogio* era magnífico. Já na rua, senti dificuldade de respirar.

Você vai entender por que não lhe confiei meu endereço postal, caro Terradillos. Graças a Margarita (à família de Margarita, *semper fidelis*), Chancho se transformou num animal menos óbvio. Pouco importa o novo nome, a nova nacionalidade, a nova máscara. Sob as cortesias e formalidades de outra nomenclatura, ainda sou a caricatura daquele menino gordão que chapinhava no barro de Camagüey.

Não lhe disse que acredito em reencarnação? Eu sou a prova. Não me transformei nem em bicho nem em árvore. Agora sou um senhor suíço, vestido com terno e colete, casaco de pelo de camelo e echarpe de seda branca. Minha presença é tal que até Rubén se acovardou e só se atreve a aparecer muito de vez em quando.

"Seja honesto e bom e será feliz", diz a Fada Azul para seu boneco. Mentira horripilante, a menos que nos permitam redefinir *honesto* e *bom*. Acho que no meu caso posso me atribuir ambos os adjetivos. Não traí senão os eminentemente passíveis de traição e fui bom com aqueles para quem a bondade não é um desperdício. Este é um Chancho que nunca gostou de jogar pérolas aos porcos.

E Bevilacqua? Não tenho tanta certeza. Nele a honestidade se confundia com ignorância e a bondade com sentimentalismo. Não é a mesma coisa, nisso nós concordamos, não é mesmo?

Bevilacqua não foi feliz, ao menos não depois que sua mulher, a única, a verdadeira, desapareceu. Eu, sim, talvez porque Margarita voltou a ficar comigo. Ao sol, às margens de um lago impecavelmente azul, rodeado de montanhas perfeitamente ordenadas, sobre minha figura corpulenta levanta-se uma sombra esbelta: é ela, o ponto de exclamação sobre meu ponto final, como me disse um dia seu pai ao nos ver juntos.

Envelhecemos. Ontem, acredite ou não, fiz oitenta anos. Minha Margarita tem doze a menos, e parece ter menos ainda, mas já podemos contar os janeiros que nos restam antes do fim. Sinto falta de meu talismã apícola e querido, em quem punha negligentemente minha esperança de última salvação. Esse é o preço da vingança: a perda de algo que um dia nos será imprescindível.

Envelhecemos, mas na verdade sem nos lamentar muito. Margarita nada, eu só um pouco. Há coisas que eu gostaria de fazer ainda, que gostaria de ter feito de outra maneira, mas é isso, teria sido assim de qualquer maneira. Durante os primeiros anos de exílio bancário, recebi, por pessoa interposta, uma comunicação de um tal de Mendieta, inspetor de polícia aposentado, agora na certa conversando com o arcanjo Gabriel. Naturalmente, eu me fiz de desentendido, mas suas perguntas me revelaram que o ignoto e perspicaz espanhol adivinhou a verdade. É que nunca acabamos bem nada. Todo artista sabe que sua sina é a imperfeição.

Espero que estas notas sejam úteis ou que ao menos o ajudem a vislumbrar aquele homem seco e cinzento que, de vez em quando, ainda passa por meus sonhos. Assim sentirei que sua presença fantasmagórica é compartilhada. Sem querer, ele ocupou durante um tempo meu lugar no universo. Que agora lhe caiba ocupar um pouco do seu próprio lugar. Não sejamos mesquinhos, meu caro Terradillos. Nossas moléculas (nossos espíritos, diriam nossos avós) se confundem e neste vasto cosmo que é o nosso é impossível saber a quem pertence cada partícula daquilo que um dia foi um sol ou uma estrela.

Cumprimenta-o, mui atenciosamente, aquele que, lá longe e há muito tempo, foi

Marcelino

4. Estudo do medo

Se te move o apego
ao nome de engenhoso, pois levaste
ao homem morte, onde ela não existia,
deve-se ao estudo do medo
o plano com que sozinho folgaste
de tantos golpes a morte fria.

Francisco de Quevedo, Ao inventor da peça de artilharia

nada. Não vejo nada. Não ouço nada. Não sinto nada. Avanço em meio a uma bruma densa, de um tom terroso, como água suja. Mas nem mesmo estou certo de que esta bruma seja certa. Se levanto a mão (ou seja, se penso que levanto a mão), não consigo percebê-la. Se tento tocar meu rosto com os dedos, nada me faz saber se consegui fazer isso. Não sinto meus dedos, não sinto meu rosto. Agora, por exemplo, acho que estou falando em voz alta, mas não distingo nenhum som. Agarro meus cabelos, mordo a língua, arranho a testa: nenhuma dor, nenhum desconforto. Ando, deito, durmo, converso comigo mesmo, mas na mais absoluta insensibilidade. Nada.

Tive a impressão de que alguém me fazia uma pergunta.

Impossível. Aqui não há, nunca houve, vozes.

Há, houve. Também não sei o que está acontecendo comigo e o que me aconteceu antes.

Antes de quê?

Antes deste nada.

Tenho a impressão de ouvir outra vez essa voz que não escuto.

Sigo em frente.

Para trás, para o lado, em círculos, tanto faz.

E sempre esta bruma cor de sangue seco.

Agora me lembro.

Algo assim acontecia comigo quando, ainda menino, de repente eu me via numa tempestade de areia. Tudo desaparecia num enxame colossal que espicaçava os olhos, o rosto, as mãos, invadindo a boca e o nariz. A gente não conseguia ver, nem falar, nem ouvir. O mundo se transformava em areia e a gente tinha medo de se transformar em areia também. Então meu pai ia me buscar e me fazia entrar em casa aos trancos. *Até as cadelas sabem que não devem sair quando o vento sobe*, dizia. Sempre o decepcionei.

Uma vez, perdido na tempestade, caí sobre os ossos de uma criança que a areia ia polindo. *Eu vou ser isto*, pensei. Ossos cada vez mais brancos, mais transparentes. Depois, nada.

Tenho uma voz medida, suave. Disseram-me que minha voz encanta. Meu pai, por sua vez, tinha uma voz entre um trovão e um latido.

Agora a voz de meu pai ressoa em minha cabeça. Neste silêncio que me cerca não a ouço, não ouço nada, mas continuo tendo a impressão de que ele está falando comigo. Uma voz rouca, mal-intencionada, sarcástica, acostumada a ser obedecida. Seu treinamento militar deu-lhe uma certeza que outras vozes em minha cidade não tinham, nem mesmo a do padre. Nosso prestígio dependia dessa voz.

Toco (mas meus dedos não sentem) algo de metal, algo lavrado e frio. A bainha de seu sabre. Minha pele se lembra.

Os outros meninos mostravam seus soldados de chumbo, suas bicicletas. Nós, o sabre de meu pai, que despendurávamos às escondidas na sala escura, entre os móveis estofados. Comparado com seu sabre, o facão do vigilante era um simples canivete. Esse (minha mão insensível desliza sobre a superfície despojada de peso e de consistência) era o emblema mais precioso de nossa cidade. *O sabre do coronel Gorostiza*, dizem as vozes que não ouço. *Alguma vez ele degolou alguém?*, pergunta uma. *Deve ter degolado, claro*, responde outra. *Dizem que, sob uma luz especial, dá para ver as manchas de sangue sobre o gume*. De noite, contavam os meninos, o sangue sobre o sabre grita com um guincho agudo, muito alto, que só as cadelas conseguem perceber.

Roça minha perna a pelagem de uma das cinco cadelas de meu pai, todas mistura de pastor-alemão com galgo-russo e também de algo indefinível, como esses grandes lobos pré-históricos que um dia descobri numa revista. Com a mão direita, que não vejo, tento acariciar uma delas, mas é como acariciar o vento. Chamo-as: *Encarnação! Natividade! Visitação! Apresentação! Encontrada!* Nenhuma responde.

Meu pai era maçom e anticlerical fervoroso. Dizia que um deus que exigia que o louvassem a todo instante parecia-lhe desprezível. *Seu deus precisa de mais mimos que uma puta francesa*, dizia ao coitado do padre. *Como pode ser todo-poderoso, se precisa que fiquem lhe dizendo noite e dia: Sois grande, sois forte, sois corajoso? Não me encha o saco.*

Minha mãe lhe pediu chorando que não desse a seus filhotes os nomes dos Cinco Mistérios Gozosos. Ele nem respondeu. Minha mãe nunca se atreveu a chamá-las por seus nomes sagrados. *Aqui, aqui*, dizia quando queria que viessem, com receio de blasfemar. Agora tenho a impressão de que é sua voz, a voz dela, que ecoa a minha.

Venha com a gente!, ladram as cadelas através de um ar algodoado. Devem estar correndo como corriam naquela época, matilha peluda levantando o pó vermelho. Só a voz de meu pai conseguia contê-las.

Meu pai gostava de vestir o uniforme de manhã, as botas lustrosas como gamelas de ébano, o cinturão ajustado na barriga, e depois ir sentar-se à porta da rua tomando mate, as cadelas deitadas a seus pés. Um cheiro de caldo de milho enchia a casa (estou sentindo o cheiro agora) e meus irmãos e eu, em guarda-pós engomados, nos despedíamos dele com uma ligeira reverência, a caminho da escola. A areia vermelha colava na gente, mesmo sem vento. Nele não, como se fosse por respeito. Nem um grão se atrevia a tocá-lo.

Quando era jovem, ele tinha trabalhado para uma fazendeira irlandesa que almejava limpar sua terra da indiada. Como me lembro daquelas fainas, uma trança negra pendia na sala de refeições junto do sabre e da bandeira. Antes de eu nascer, parece que meu pai tinha pendurado também um par de orelhas de índio, mas minha mãe lhe disse que até que ele não as tirasse de lá, ela não entraria na casa. Disse isso com uma firmeza tão insólita que meu pai deu de ombros e jogou-as pela janela. *A trança fica*, limitou-se a comentar.

As cadelas insistem, uivam. Querem que eu as acompanhe, exigem isso com seus latidos agudos. Dentro desse sonho (que não é meu) sinto-as correr em direção a algo que vão estraçalhar. Quando se escarrapachavam ao lado de meu pai (ele acariciava demoradamente a barriga delas com uma das mãos e com a outra segurava o mate), eu olhava suas dentaduras atrozes desnudadas pelos beiços negros e as imaginava fincadas na carne, dilacerando a pele, triturando o osso. Os olhos marrons, doces, das cadelas fitavam meu pai. *Como podem fazer parte da mesma cara, esses olhos e esses dentes?*, pensava eu. Então meu pai sorria, seu cenho se franzia e um molar de ouro despontava entre os lábios, sob o bigode.

O dono de meu pesadelo estremece.

Agora sei que as cadelas alcançam sua presa. Já não são as minhas cadelas, ou talvez sejam, mas também são outras, mais selvagens, com enormes caninos de marfim. Por entre um monte de lixo enorme vejo agora que se jogaram sobre um garoto que cai de boca sobre a imundície. Alguém grita para que parem, mas é tarde demais. O garoto tenta se levantar, a camisa está em tiras, agora falta-lhe parte da face esquerda. *Puta que o pariu!*, diz o coronel (outro, não meu pai, isso acontece anos depois, eu já sou homem). *Vamos ver se da próxima vez me controlam esses animais!* Um grupo de soldados afasta a matilha. *Da próxima vez,* repete um eco em minha cabeça, incapaz de medir o tempo. Essa experiência no monte de lixo devia ter me servido para alguma coisa. Talvez agora eu tolerasse melhor tudo isso.

Avanço.

Coisas como essas a gente não aprende, só recorda.

Quem pergunta? O que quer?

Outra vez enfurnado em casa. Vai ficar doente, Titito, com tanto livro. Me deixe trazer outra luz. Minha mãe vai e vem, inquieta. Eu leio tudo: os poemas de Capdevila. *Billiken.* O dicionário *Sopena. Una excursión a los indios Ranqueles.* Minha mãe está sempre com o semblante aflito. Precisa cuidar de meus irmãos. Somos sete. Não, oito. Santiago nasceu tão mais tarde que nos esquecemos de contá-lo. Meu pai nunca o chama.

Meu pai tinha suas hierarquias claras. *Primeiro os amigos, depois a pátria e, de sobremesa, a família*, dizia. E para nós: *mijar e fazer vocês foram duas cartas do mesmo baralho.*

À voz de minha mãe se une a de meu pai. *Diga ao maricas do seu filho que não quero vê-lo aqui dentro até de tarde. Que vá aonde quiser, mas tome sol.* O sol desponta apenas poucas horas durante estes meses de inverno. Aproveito para ensaiar os versos que compus, mas me vêm os outros, os que aprendi de cor, graças aos livros emprestados pela srta. Amalia, minha professora. Joaquín V. González, Rubén Darío, Espronceda. "*Navega veleiro meu sem medo.*" *Esse "sem medo" quer dizer que ele tem medo*, anoto em minha caderneta. Estou aprendendo a ler poesia.

Mas essa história de escrever é uma merda. Meu pai sabia disso e não acreditei nele.

Breve interlúdio biobibliográfico. Fiz letras em Río Gallegos, matriculei-me num curso de literatura europeia, tudo isso foi inútil, uma aula tediosa atrás da outra. Tentei me aproximar dos outros estudantes. *Sim, eu também. Claro, onde assino? Todos juntos, vitória ou morte.* Protestávamos contra o que quer que fosse, exigíamos direitos aos gritos. *Nem um passo atrás. Para fazer o quê?*, eu me perguntava, mas não me atrevia a dizer isso em voz alta. E de noite escrevia. *Deixem-me cantar minha terra, coisas que imaginei amar.* Mas, em vez disso, compus estribilhos. Para a luta armada, contra os tigres inimigos. Cantos, hinos, marchas. Antes de ir para Buenos Aires publiquei um livrinho na gráfica do bairro. Eu mesmo paguei a tiragem. Mil exemplares. *Marzo rojo.* Minha infância tal como eu a quis e um elogio à revolução que nunca vi e que me importava ainda menos. O dono da gráfica, asturiano anarquista, deu-me um abraço e um desconto. A *poesia também é política*, aconselhou-me. *Da melhor e da mais forte.* Levei meus livros embrulhados em papel Kraft, amarrados com um barbante. Em Buenos Aires, deixava pequenas pilhas nas mesas das livrarias, quando ninguém estava me vendo. Um ladrão às avessas. Então comecei a trabalhar numa companhia de seguros.

Confesso. Não tive um único leitor, uma única crítica. Ninguém percebeu a presença, viva, de meus versos. Um dia vi, na porta de uma livraria, junto dos papelões e embalagens descartados, uma meia dúzia de meus livros esperando a chegada do lixeiro. Passei ao largo como um traidor, sem admiti-los. *Nunca mais*, disse para mim, *nunca mais. Eu me enganei. Eu me atrevi ao indevido.* Como justificar minha presunção de ser lido? Guardei uns poucos exemplares no fundo de um armário, como quem guarda as revistas pornográficas de sua adolescência.

Paro.

Nesta bruma os nomes me perseguem. De lugares onde trabalhei. De lugares onde vivi. De amigos mortos. De volumes mal lidos. De rostos anônimos. De cidades que não me lembro de ter visitado. De estações de trem. De cartazes publicitários. Como uma grande manifestação invisível de nomes, um tropel de energúmenos hasteando cartazes. Colonia Mariana. Seguradora Gerstein. Elsa. Villa Plácida. *Cantos de Vida y Esperanza.* Colegiais. Juan Ignacio Santander. Ovidio Goldenberg. Boedo. *Assim foi temperado o aço.* Chela Mondacelli. El Sordo. *El Cronista Comercial.* A Madri dos Gatos. Blanca. *Campos de Níjar.* Bilbao.

As letras se recombinam, dissolvem-se, surgem novas. Uma balbúrdia de palavras que não entendo me aflige. Outra vez os latidos.

Quem me chama?

Queria arrancar esta pele que não sinto para poder sentir de novo.

Avanço.

Quem um dia já dispôs palavras sobre a página nunca deixa de escrever, mesmo quando não escreve. A caligrafia persiste, como um exército de formigas que nada consegue deter. Por trás das pálpebras fechadas, as palavras se congregam, chamam-se, acoplam-se umas às outras. Um formigueiro de letras me persegue, batalhões negros e vermelhos que se atacam mutuamente, confundindo-se com a areia, subindo nas cadelas, invadindo sua pelagem. Mordem, avançam, devastam. As cadelas uivam. Um dicionário se derramou sobre este espaço inconcebível no qual caminho.

Visitação. Apresentação. La Perla. Dom Felipe Pereira. Coronel Aníbal Chartier. Carrasco. *Olhai os lírios do campo*. Liliana Fresno. La Resistente. La señorita Amalia. Cáceres. Hendaya. Belem e Hijos. Angélica Feierstein. Cerveja Quilmes.

Chega.

Depois que entrei na companhia de seguros, não escrevi mais, ou quase nada.

Só uma vez, anos depois, lendo o esquecido Manuel J. Castilla numa antologia proibida na época, senti novamente o impulso de urdir algo com as palavras. Castilla escreveu:

Esse que segue pela casa morta
e que de noite pela galeria
lembra daquela tarde em que chovia
enquanto empurra a pesada porta.

Mas não, agora era impossível.

Antes, adolescente, tudo me comovia. A terra plana de meu povoado. As colinas vermelhas ao fundo. O inverno e o frio nos casebres dos pobres. A miséria dos que trabalhavam nas grandes plantações. O sofrimento alheio que tentava vislumbrar como meu. Cantar as mãos do pedreiro, os olhos da viúva, os heróis redimidos de Tolstói e Ciro Alegría. Ser seu poeta.

Mas não, infeliz. Nunca devia ter tentado. Ainda sinto vergonha.

Proibi-me de ensaiar de novo, deliberadamente, embora de noite, entre a vigília e o sono, continuasse juntando palavras no ritmo de certas melodias.

O que o coronel pensaria, pergunto-me, dessa dupla traição, escrever em vez de fazer, falar em vez de escrever? Desagradava-o que um filho seu fosse poeta em vez de soldado, mas também que não tivesse persistido na carreira que eu mesmo havia escolhido. Certamente sentiria maior desagrado ainda se soubesse de minha vocação de Judas, ele, para quem esse Cristo em quem não acreditava era um bom rapaz, um pouco fora dos trilhos. *Sem dúvida foi o pai que o convenceu de que era um deus; eu acho que lhe teria feito muito bem entrar no exército romano.*

Avanço como um intruso num jardim alheio, de noite, na penumbra, às cegas. Ao longe, imagino o dono do jardim, retorcendo-se em seus inquietantes pesadelos, meu sofrido sonhador. *Sou eu*, quero dizer-lhe, *não se assuste, quem quer que você seja. Continue dormindo, não vou machucá-lo, não tenho nenhuma intenção, nem boa nem má. Só quero falar com você, só falar.*

Somnilocuo: Que fala durante o sono. (*Nuevo diccionario español ilustrado Sopena.*)

Mesmo depois de deixar de escrever, continuei com minha mania de ler o dicionário. Presente de minha mãe. *Sopena danado*, acrescentava eu. *Paralelepípedo. Prosaico. Prostitución. Próstata. Paremiología* (que significa "coleção de provérbios"). *Parrilla. Parpadear.* As palavras se sucedem esperando que eu capture alguma. *Presbítero. Presada. Progenie. Profundo. Prodigar.*

Não quero. Já não tenho nada a ver com essa cosmografia da linguagem. Gostaria de trancar todos esses abortos filológicos numa grande biblioteca e tocar fogo. Reduzir o universo a cinzas analfabetas. Ocupar-me de outra coisa.

Sobre os esqueletos brancos das cadelas aniquiladas correm agora palavras que já não tento seguir nem com os olhos. Deixemos que corram com suas mil patas, com suas asas fibrosas, com suas antenas no ar; não há mais nada a devorar. Certa vez, num monte de lixo assim, segurei a caveira de um menino que tinham jogado numa vala de cal. Não pergunte como. O coronel não quer que lhe façam perguntas. A caveira de um adolescente tem o mesmo tamanho da caveira de um velho. Como um imbecil, disse-me. *E a experiência, a memória acumulada? Como cabe numa caixinha assim?* Saiba, senhor dono de meu pesadelo: eu era um sentimental.

Agora tenho mais entendimento. Agora que não tenho nem ossos nem carne, penso que nada disso pode ser contido: entra e sai pelos poros da rocha, como um arroio, como o ar, como essa constante nuvem de areia, sem começo nem fim.

Primeira lembrança ou última memória. Quem sabe. Impossível afirmar.

Contemos. Uma, duas, três, vinte e cinco, setecentas mil lembranças.

Ao exército de letras somam-se agora outras cifras. Um alfabeto de números.

Tudo é código.

Estou exausto.

E sei que a verdadeira invasão ainda não começou.

Talvez não comece nunca.

As vésperas são sempre as mais temíveis.

Sigo. Prossigo.

Um escritor denuncia a realidade que percebe.

A imaginação filtra.

A inspiração o anima.

Mas precisa saber onde parar.

Saber quando o escrito é vergonhoso, como eu soube.

Isto não.

Isto vai para o lixo.

Rasurar, rasgar.

E aí, o que resta?

Não estou propondo isso como desculpa, esclareço. Dar outro uso para as palavras. Contar o que os outros fazem. Porque toda crônica é denúncia.

Meu pai dizia que a força do exército são os seus segredos. *Sim, meu coronel. Vou lhe contar. Vi isso. Escutei isso. Tal coisa foi dita por Fulano a Beltrano. Sicrano está mentindo: eu ouvi ele dizendo que isto e que aquilo.* A diferença entre delação e fofocagem é a seriedade profissional com que se conta. O fofoqueiro escreve romances; eu redigi relatórios. Qual é o cargo mais honroso?

Avante.

Buenos Aires devora tudo. Para um miserável garoto sulista, ela era como um gigantesco tabuleiro de peças monumentais de granito, repleta de cantos infames, de buracos obscenos. Fui para lá. Um quarto no terceiro andar sobre a rua Alsina, a dona amável, servindo chimarrão e biscoitos de banha. Nos quartos vizinhos, jovens casais do Chaco e de Córdoba, empregados de algum banco, duas irmãs solteiras. De manhã, ao meio-dia e no final da tarde, o bairro se enchia de adolescentes, indo e vindo do colégio. Eu, aos trinta e tantos anos, meio velho, trabalho agora na importadora Belem. De vez em quando, anoto algum verso que compus, para me desfazer dele, para me livrar dele.

Fui um solitário. Quem tem muitos irmãos se acostuma facilmente a não ter nenhum. Era fácil pôr máscaras naquele momento. Nada tinha solidez, nada parecia verdadeiro. Nem mesmo a mercadoria, nem mesmo o pão e o vinho. Nas lojas, já não se punha preço em nada. De manhã dez mil, de tarde quinze. É preciso gastar o salário na primeira semana para não perder a metade.

Recebo uma carta de meu pai. *As coisas estão difíceis. Se precisar de trabalho, vá ver meu amigo, o coronel Chartier. Companheiro de armas. Por via das dúvidas, vou avisá-lo de que você irá vê-lo. Vá decente, corte o cabelo.*

É verdade que eu não sabia quanto tempo ia durar nesse emprego. Que emprego? *Continue acrescentando zeros, em suma, nada mais tem preço.* A importação era impossível, a exportação também. *Nem vale a pena lhes mandar a conta: traduza-a em dólares e você vai ver que os devedores somos nós.* Os filhos de dom Belem foram se instalar em São Paulo. *Eu fecho no dia em que morrer*, dizia o velho Belem, enrugado como uma ameixa-preta. *Você tem emprego aqui até esse momento.* Minha mãe, em compensação, encerrada em sua miséria, escrevia para me dizer que nada mudara.

Agora o ar me falta. A areia invisível entra pela boca e pelo nariz, enche meus pulmões, se transforma. Areia em ar, ar em sangue, sangue em barro. Tudo me arrasta. Volto ao começo. Outra vez a bruma, a escuridão. Outra vez avanço.

Foi assim.

Uma tarde, na saída do cine Lorraine, topei com uma moça de cabelos lisos, negros, a testa ampla, bem branca. Começamos a falar de não sei quê e ela me convidou para um drinque. Nunca tive facilidade para lidar com mulheres. A voz de meu pai me instrui. *O mundo se divide em: primeiro, cães; segundo, militares; terceiro, companheiros; quarto, objetos pessoais; quinto, mulheres.*

Passei a adolescência sem iniciação. Meu primeiro encontro foi aos vinte anos, com a irmã mais velha de um colega de classe, em Río Gallegos. Liliana Fresno. Uma noite, esperando meu amigo no sofá de sua casa, Liliana começou a brincar comigo. Sentou-se a meu lado, desabotoou minha camisa, me levou para seu quarto. Pensei: pronto, é isso, já basta.

Na companhia de seguros havia uma moça, Mirta, que sorria para mim. Escrevi-lhe um poema. Uma tarde, vi que ela e suas amigas riam e me olhavam. Soube que eu havia sido desajeitado e ridículo, que ela achara graça dos meus versos. Depois não falei mais com ela. Anos depois eu a vi em Buenos Aires. Fingi não conhecê-la.

A moça do Lorraine ria muito, mas não zombava de mim. Devia me ver, imagino, como um homem-feito, ela vinte e oito, eu trinta e cinco. Naquela época, trinta e cinco já era uma idade séria. Agora eu teria o dobro e seria menos velho do que então.

A moça me perguntou o que eu estava lendo. Trazia a antologia proibida no bolso. Mostrei a ela. Voltou a rir. *Vamos, leia alguma coisa pra mim.* Não me lembro do que li, mas gostei de dar-lhe minha voz, espiá-la enquanto percorria os versos sobre a página. *Gostaria que você lesse para mim na cama.* Olhei-a como se não estivesse entendendo. *Gostaria de dormir enquanto você lê para mim.* Paguei os cafés e saímos.

Agora, na névoa vermelha, esbarro em grandes folhas de papel suspensas no vento como num varal. Papel seco, rugoso, desses que se usavam nas edições Austral e que absorviam mal a tinta. Não se rasgam enquanto avanço, são resistentes a meu peso; só a luz e o tempo as estragam. Não que eu as sinta (continuo sem sentir nada), mas sei que estão aqui, estendidas, como se quisessem impedir minha passagem. Há algo impresso nelas, não sei o quê. Não vejo nada, não ouço nada.

Não gosto de ler, me diz sua voz, *mas gosto que leiam para mim. Qualquer coisa. Até a lista telefônica, se quiser. Gosto de ver você movendo os lábios, gosto da cor da sua língua.*

Mais nomes. Mais palavras. Mais versos de Castilla.

Vou crescendo de ti.
Eu sou uma folha nova que o vento apenas roça.
Eu sou esse verão...

Intuo as letras nas folhas como no letreiro nebuloso do oculista. Recito com o livro aberto, deitado na cama. A moça do meu lado, ela mesma acariciando os seios ao ritmo de minha voz.

Eu sou esse verão que sente que seu seio
exubera de frutas
e cai sobre ti, fecundando-te.

De alguma forma continuei lendo, e depois lhe pedi que me deixasse vê-la de novo. Estou *com alguém*, disse-me. *Mas quem sabe nos cruzamos de novo*. E me passou minha roupa.

Não sei se é diferente para alguém acostumado com surpresas. Mas para mim, cuja vida até então fora um desfile previsível de acontecimentos mais ou menos sensatos, apaixonar-me foi a irrupção do impossível. Até então, eu podia explicar tudo. Cada fato tinha sua causa, cada decisão, sua consequência. Meu mundo era lógico e coerente, formal como um soneto, ou como meus sonetos, pelo menos, nos quais o verso final, deliberadamente inesperado, nunca o era. "Aqui vem", anunciavam meus quartetos. "Agora chega", predizia o primeiro terceto. E assim por diante. Leis da gravidade e da dinâmica regiam meu mundo por dentro e por fora. Ela foi meu primeiro encontro com o inexplicável.

Naqueles meses fui muito ao Lorraine, esperando me encontrar com ela. Um dia eu a vi, de braço dado com um homem muito magro e sorridente. Não sei se ela me viu. Entendo que, salvo as poucas horas em que estávamos juntos, eu era invisível para ela. Ela, em compensação, nunca desaparecia da minha vista. Eu me lembrava dela todas as noites, conhecia de cor cada canto de seu corpo, ensaiava percursos sobre sua geografia cada vez mais familiar. Isso foi naquela época. Agora não saberia dizer nem de que cor eram seus olhos.

Depois do trabalho, eu ia percorrer as livrarias da Calle Corrientes. Procurava velhos livros de poesia, em edições achacadiças, de autores fantasmas. Para mim, para me sentir menos sozinho, mas também para ler para ela.

Um dia, enquanto estava fuçando nas mesas de uma dessas livrarias, entraram dois homens correndo e levaram à força um rapaz que, minutos antes, estava lendo a meu lado. Enquanto o enfiavam num carro, ouvi uma voz me chamar. *Chê, cabeludo, você não é o filho do coronel Gorostiza?* Um homem de terno transpassado e óculos escuros me pegou pelo ombro. *Seu pai me escreveu dizendo que você ia me telefonar. Pra quando vai ser?* Sorriu, deu-me um cartão e saiu andando rua acima. Eu continuei procurando um livro.

Para mim, era mais importante tocá-la do que vê-la ou ouvi-la. A pele é um espaço que substitui o mundo. Quando a tocamos, abarca tudo. Como agora avanço entre a bruma, naquela época meus dedos avançavam sobre seus vales e colinas como unânimes peregrinos, detendo-se um pouco, voltando um trecho do caminho e retomando outro, explorando veredas desconhecidas. Agora que todo tato me está proibido, essa paisagem de pele afunda sob meu peso, envolve-me e me sufoca. Caio num saco que se fecha sobre mim, úmido e esponjoso, feito de minha própria carne. Meus dedos querem subir pelas ladeiras desse corpo, mais íngremes a cada momento. Impossível segurar-se. A pele, agora quente e gordurosa, encerra-me e à minha nuvem de pó argiloso. O ar vira barro, enche meus olhos, a boca, o nariz. O barro vira água. Afogo-me. Queima minha garganta. A água vira ar. O pânico cessa. Respiro.

Outra vez.

Cada lembrança, todo esse mar angustiante de lembranças termina em pesadelo. Aqui não há nada além disso, do que penso que foi. Desculpe, meu sonhador, que eu o contagie com tanta coisa horrível. Não é minha vontade, eu não tenciono nada. Cada vez que tento resgatar um instante de prazer, um momento que gostei de viver, uma gota negra cai em cima dele e embaça tudo. Ela nos lençóis úmidos, ela ofegante no travesseiro, ela traçando sulcos em minhas costas com as unhas, ela se transformando, também, nesse barro sem fundo no qual afundo infinitamente. E saio de novo. E volto a afundar.

Não posso nem sequer salvar esse primeiro momento da lembrança. Nada limpo, nada feliz, nada que não se torne escuro.

A escuridão é também Buenos Aires. Nunca conheci cidade tão tenebrosa, nessas ruas que se soltam de uma avenida iluminada e se perdem entre árvores secretas e muralhas intuídas pelo toque. Aqui pelo menos, no início daqueles anos, a escuridão não assusta. Sigo as instruções de seu bilhete, sem assinatura, uma caligrafia caprichada, de aluna condecorada. Venha me ver amanhã, às onze. Bata duas vezes que abro a porta para você. Obedeço. Chego, bato, o portão gradeado se abre, subo, empurro a porta. A luz não estava acesa, mas adivinho o caminho. Um cheiro de verão, de damascos, de chuva. Sua mão segura a minha e me faz cair sobre o colchão. Caio, afundo, mas não me afogo. Respiro profundamente. Não dizemos nada.

Gosto de te falar boca a boca, a sós.
Ir te dizendo tudo o que tu calas.

Há uma condição do amor mais terrível que as outras. Avassaladora, exclusiva, ciumenta, cega a toda razão. Sua linguagem é grosseira, brutal, ofensiva. Seus gestos, às vezes suaves, às vezes de uma violência assustadora. Nunca diz a verdade porque tem medo de si mesma. E mente para que não pensem que ela é todas essas coisas que é. Consiste quase por inteiro num corpo imaginado: mãos enormes, olhos enormes, língua enorme, sexo gigantesco. Os outros membros se atrofiam, diminuem até desaparecer completamente. O amante não tem pernas nem queixo. O nariz aparece e desaparece, as orelhas também. Um alento, um gemido os conjura e depois voltam ao nada. Nessa realidade amorosa há exércitos mais sanguinários que os que meu pai comandava, matilhas mais empedernidas que as cinco cadelas de meus piores sonhos. Você se queixa agora, sonhador, dos pesadelos que lhe imponho. Agradeça a seus deuses não estar condenado a essse outro.

Reconheço este sufoco que agora sinto, este afundar no barro. Estive aqui antes, mas então era pior, quando minha carne existia e meu cérebro funcionava. Pior era o medo de ouvir (e de não ouvir mais) a resposta desejada à pergunta. *Quando a verei de novo?* Fita-me com esses olhos divertidos e me diz que não sabe, que eu não me angustie, que aproveite o momento.

Viver no presente: definição do inferno.

Vou embora com seu perfume grudado em minha roupa. Não tomo banho. No escritório, no ônibus, sob o manto da noite, me faz pensar que está aqui. Nada me distrai. Caminho sem meta definida. Almoço em qualquer restaurante coisas fervidas, sobre toalhas engomadas. Folheio livros que não tenho a menor intenção de ler. Vou ao Lorraine, mas não vejo o filme. Ao contrário, quero que acabe logo para ficar na entrada e procurá-la entre as mulheres que saem conversando com seus companheiros, ou sozinhas, ou em grupinhos de amigas que riem aos gritos. Naturalmente, ela não está lá. Volto à escuridão de minha rua e procuro às cegas a fechadura. Adquiro a experiência de abrir portas às escuras.

Minha mente repete: *ela, ela, ela, ela*. Tento me calar; é impossível. Duas volutas espelhadas terminam cada uma num traço altíssimo, infinitamente repetido: *ela*. A cidade se povoa de colunas jônicas invertidas, como a fachada ampla de um templo grego visto de cabeça para baixo. Tudo é *ela*.

Dom Belem morre. Um dos filhos volta do Brasil para fechar a firma. Oferece-me um cargo em São Paulo, mas como posso ir para tão longe dela? O homem não entende e pensa que eu sou mal-agradecido. Ao se despedir dos outros empregados, não me cumprimenta. De volta para casa, passo diante do Círculo Militar e me lembro que é aqui que o coronel Chartier tem seu escritório. Entro e pergunto por ele. Um cabo me pede documentos e me faz entrar numa sala ocupada por uma escrivaninha gigantesca e um espelho com moldura de ouro. No teto voam anjinhos.

Dentro da bolsa de placenta em que afundo, algo (uma faca, um sabre, uma garra) rasgou as paredes e agora me arrasta para fora, numa onda viscosa e fedorenta, ou que imagino viscosa e fedorenta. Uma tortura romana consistia em fazer o prisioneiro beber vinho e depois abrir seu estômago com uma estocada. Como o vinho nesse estômago romano, um rio que não vejo me arrasta. Giro várias vezes sobre mim mesmo. Não ouço nada, não sinto nada. Chego ao fundo do poço.

Adivinho na penumbra aquosa três figuras militares altas, os peitos cobertos de medalhas que lançam fulgores fosforescentes. O primeiro não tem rosto, só um círculo imenso de dentes afiados dentre os quais desponta uma gorda língua púrpura. O segundo é um nó de cabelo, áspero como palha de aço, cortante como arame farpado. O terceiro tem os traços do coronel Chartier, o rosto bem barbeado, bigodinho preto, óculos escuros, quepe militar. Diante deles aparecem dúzias de pequenos personagens nus que levantam os braços para o terrível triunvirato.

Então os dentes começam a devorar a língua, o nó de cabelo explode em chamas e a cara do coronel Chartier se racha, deixando sair pelas fendas punhados de vermes. O triunvirato solta um uivo uníssono e desaparece. Na penumbra resta um esfiapado resíduo alvacento, como um escarro.

O coronel Chartier sai de trás da escrivaninha e me estende a mão. Meu pai lhe falou de mim. *Como está meu velho amigo? O lumbago maltrata todos nós. Mas o que vocês, jovens, sabem? A vida lhes parece eterna. Você, que idade tem? Quarenta e um já? Não me diga. Aceita um café? Vamos, cabo, traga dois pingados para nós. Espere um pouco. Onde estávamos?* E me ofereceu um trabalho.

Nunca perguntei como se chamava oficialmente o departamento que Chartier dirigia. Nós o chamávamos de COMUNICAÇÃO, e as pastas vinham seladas com um C maiúsculo e um número de série. Uma secretária, quase adolescente, cuidava de arquivá-las. Nunca soube quem as utilizava nem quando nem por quê.

O coronel Chartier declara: *A única coisa que você tem de fazer é prestar atenção. Seu pai me contou que você tem um talento especial para isso. "Tem o faro de um sabujo", disse-me o amigo Gorostiza. E é disso que precisamos aqui. Gente que saiba farejar o ar, observar o imperceptível. Os tempos são traiçoeiros, meu jovem amigo. Tudo pode ser uma armadilha. O inimigo é parecido com você e comigo, e quando nos distraímos, zás, a faca na garganta. Civilização e barbárie. Não preciso lhe perguntar de que lado você está.*

Minha tarefa consistia em comparecer às oito da manhã ao escritório e seguir as instruções. Depois de um café pingado (café puro nunca era servido no escritório do coronel Chartier), eu e meus seis ou sete colegas, todos homens, recebíamos uma pasta (C27658, C89711) com um endereço, um horário, às vezes um nome. Passei dias a fio sentado num certo bar perto do Congresso ou parado na plataforma da estação Pacífico, esperando que algo acontecesse, que alguém chegasse. Num dos bolsos eu levava, para me distrair, um livrinho de poemas; no outro, a identificação que me haviam dado, com o escudo da armada em metal martelado e cujo tato me recordava o sabre de meu pai. Sentado no bar ou de pé na estação, lia segurando o livro com uma das mãos, e com a outra esfregava o escudo até lhe passar o calor de meus dedos. No final do dia, voltava ao escritório para prestar contas. Algumas vezes tive de sair à noite.

Quando via o que tinha ido ver, dava um sinal com a mão e os agentes faziam seu trabalho. Aprendi a não reconhecê-los; eles me observavam. Tampouco quis saber quem eram as pessoas que eu vigiava. A variedade me surpreendia. Impossível classificá-los. Tinha de tudo. Senhores de casaco. Operários. Aposentados com o jornal debaixo do braço. Empregadinhos. Velhinhas de cabelo azul. Adolescentes com acne. Homens jovens que deviam ser estudantes universitários ou que trabalhavam, como eu mesmo o fizera, em alguma companhia de seguros anônima. Mulheres jovens idem. Algum padre. Alguma enfermeira. Alguma professora do secundário.

Uma vez me coube vigiar uma ex-colega, uma mulher de uns quarenta anos que trabalhara na contabilidade da Belem, Chela não sei das quantas. Eu mal a notara lá na empresa. Reservada, vestida com esmero, sempre de salto bem alto, alguém me dissera que era viúva com dois filhos. Agora estava agitada, os cabelos alvoroçados. Carregava uma mala que abria e fechava sem parar. Quando desceu do trem, eu a reconheci de imediato e levantei a mão. Acho que ela me viu e pensou que eu a estava cumprimentando. Quando os agentes se aproximaram, deu um grito e saiu correndo, mas um de seus saltos quebrou e ela quase caiu nos trilhos. Do chão ela me olhou, ou olhou para onde eu estava. Fui embora antes que a levassem.

Os filamentos espessos e pegajosos do escarro grudam em meu corpo, impedem que eu me mova. Como se adquirissem vida própria, seus tentáculos percorrem meus braços e pernas, o pescoço e o rosto. É como estar preso no seio de uma água-viva, como se sobre a pele me crescesse outra carne, quente e babenta. É como se eu expelisse, de dentro para fora, os órgãos expostos, minhas vísceras se entrelaçando a essa imundície filamentosa. Apertam minha garganta, enforcam-me com seus dedos gelatinosos, afogam-me de um jeito novo. Os filamentos me entram pelo nariz e pela boca, enchem meus pulmões prestes a estourar. E outra vez, ao meu redor, a nuvem de areia. O escarro desapareceu. Avanço no espaço que não vejo.

Se eu conseguisse parar de pensar, ao menos por um instante, eu descansaria, recobraria as forças. Se ao menos por um instante eu deixasse de vomitar essa réstia de imagens, de palavras, de momentos passados.

Tento me concentrar num ponto escuro, numa alfinetadela de nada. Impossível. O ponto se expande, se enche de centelhas, cada centelha algo vivido, algo lembrado. E começo de novo. A casa de meus pais. As cadelas. Meus irmãos. Os versos. A cidade de noite. Minha amada móvel. O sangue e os ossos quebrados. Meus relatórios. Ela.

Às vezes informo sobre rapazes e moças muito jovens. *É uma forma de protegê-los*, diz o coronel Chartier. *É nosso dever, como pais da pátria.* Eu os vejo reunidos na saída do colégio (continuo morando no quartinho da Calle Alsina) e fico parado junto da banca de jornais, fingindo que estou escolhendo um doce, observando-os. Penso que tenho algo de sátiro, escondido entre os arbustos, espiando as ninfas. Ou desses velhos comendo Susana com os olhos, com saudades da ereção. De pornógrafo degenerado que se exibe, abrindo seu impermeável cor de ranho, nos parques infantis.

Vejo e tomo notas. Às vezes consigo ouvi-los. Falam bobagens, inventam um mundo retórico e uma nova idade do ouro. Manifestações, petições, declarações, um vocabulário de cartazes e de discursos de fim de ano. Eu também tive quinze anos.

Faço minhas listas. Interrogo o porteiro, algum garçom, o policial de uniforme que mal entende o que estou perguntando. E depois entrego meus deveres a tempo, nunca falho. *Você e a pontualidade são irmãos gêmeos*, diz o coronel.

E começamos de novo.

Vez por outra, a intervalos previstos e sempre longos demais, eu a via. Nós nos encontrávamos quase por acaso, eu recebia um bilhete marcando um encontro, me atrevia a ligar para o trabalho dela, já não sei mais em que departamento da faculdade. Um dia deixei meu livro ao lado de sua cama. Nunca soube se ela o leu. Não ousava perguntar. Bastava-me saber que estava lá, ao lado dela. Então eu também estava lá, minha palavra em seus lábios, minha língua em sua boca.

Vejo que meu relato o excita, meu sonhador, faz com que seu sangue corra mais rápido, que revire sua própria memória em busca de lembranças. Não me siga: estou avisando. Meus campos de caça são perigosos. Todos começam com um jardim bem cuidado que de repente se transforma em selva, em solo minado, em areias movediças. E ali você se afogará comigo. Não chegará ao outro lado.

Dois eventos simultâneos mudaram tudo.

Há um primeiro momento (não sabemos que é o primeiro) em que pisamos no limiar de um aposento proibido, ali onde jamais deveríamos entrar. Acontece sem querer. A chave na fechadura errada, a porta se abre sem querer, as gotas de sangue no chão que não deveríamos ter visto, como nos contos de fadas.

Dois eventos: Ela me dizendo, ao acordarmos, *Não posso mais ver você. Nunca mais.* E nessa manhã, no manual de instruções, seu nome encabeçando uma nova lista de vigiados.

Não quer me ver de novo porque quer ver o outro. Outro, porque eu não sou único. Sou um entre dois, um entre vários. Quero saber quem é meu rival. Quem tem privilégios sobre ela. Quem é esse que a leva a me privar agora de sua presença. *Você não o conhece. Que importa?* E sorri. Seguro-a pelos cabelos. Grito para que me responda. Ela se nega. Grito mais forte. Sacudo-a, puxo seus cabelos curtos como se quisesse arrancá-los desse rosto que me olha, apavorado, distante. Dou-lhe uma bofetada. Ela pronuncia um nome. *Como?* Ela repete. *Diga de novo.* Volta a dizer, chorando. Minha mão aberta continua batendo nela. E agora, sim, estou do outro lado e a porta se fecha.

Há uma condição do amor mais terrível que as outras: repito isso como uma ladainha. É quase minha única lição. Não tem remédio. Às vezes fica latente, como uma víbora adormecida entre os lençóis. Em muitas outras explode em chamas, como uma salamandra, arde com o fogo de que é feita. Conheço o monstro em todos os seus detalhes. Tem três cabeças e uma tripla sombra vingativa. Não poderia detê-la mesmo se quisesse. E não quero. Quero que tudo pegue fogo. Ela, especialmente, dando gritos surdos.

Gosto de te falar boca a boca, a sós.
Ir te dizendo tudo o que tu calas.

O nome que ela pronunciou não está na lista. Pego minha esferográfica e o acrescento, bem nítido, junto do dela. Vou para casa, tomo um banho, me visto, vou para o trabalho. Ao meio-dia, instalo-me na porta da Casa Gold, as alianças na vitrine anunciando compromissos e aniversários, bodas de prata e de ouro. Já não sou aquele que vigia para outros, profissional desinteressado. O que faço agora é pessoal, assunto meu. *Como é possível ser traído assim?*, pergunto, enquanto as pessoas vão e vêm quase sem se esbarrar, em correntes sinuosas que mal se tocam. A visão da turba se dissolve. Imagens dela se sobrepõem a outras, dessa vez de carnificina, corpos esquartejados, as noivas de Barba Azul com o ventre aberto e os cotos ensanguentados. *Que tudo acabe para que ela acabe*, digo com meus botões. E continuo esperando.

Várias pessoas começam a se aglomerar. Não sei por que estão fazendo essa manifestação. Nem quero saber. Não leio os cartazes, não ouço as palavras de ordem. Também não a vejo na multidão crescente, mas sei que está lá, posso farejá-la. E ele também, com certeza. Causa comum. Os dois culpados. Os dois condenados. O redemoinho de gente os oculta, mas não os protege. Se estender a mão, posso tocá-los.

A multidão começa a caminhar em direção à Praça de Maio pela Diagonal. Nas calçadas, os espectadores. Ao fundo, a cavalaria, os sabres ainda nas bainhas. Vou andando, com um ar distraído, entre os curiosos. Na frente do Banco de Boston vejo os agentes de Chartier, agora inconfundíveis. Faço um gesto sutil e eles se juntam à passeata.

Ao chegar à praça, a cavalaria investe, como previsto. Então eu a vejo, incandescente na multidão obscura. Procuro os agentes, mas eles desapareceram no alvoroço de braços, sabres, cabeças de gente e de cavalos. A gritaria é ensurdecedora. Nuvens de gás lacrimogêneo explodem na calçada defronte. A turba corre para a Calle Florida. Então eu a vejo de novo, levando pelo braço o homem magro. Ele está com a mão sobre o rosto e o rosto está coberto de sangue. E ela está cuidando dele.

Pó, bruma, barro, água, densos humores indeterminados, mares sem fundo nem forma, mundo entre sólido e líquido, viscosidades, escarradas, sangue. Eu preso para sempre; ela para sempre limpando o ferimento dele, dissolvendo seu sangue em água, obscena e econômica eucaristia. A essa visão me condena meu estado, a obrigação de meu cargo, ossos do ofício. Não me conformo. Isso também é tortura.

Vejo os agentes e mostro onde estão os dois, sentados atrás do vidro que diz *Cerveza Quilmes*. Tire o barulho, os tiros, os uivos, a fumaça, as pessoas correndo, a água, o sangue, o garçom inquieto, e o que sobra? Dois namorados na mesa de um café, de mãos dadas, uma cabeça inclinada para a outra, amado com amada.

Como se atreve a me excluir? Esse paraíso é meu.

Vejo-a levantar e ir embora; ele fica. Indico aos agentes que a sigam. Dele cuidamos mais tarde. Ela (repasso os exercícios práticos que Chartier insiste em que são essenciais) sofreria todos os interrogatórios, todos os castigos, todas as mortes. Uma só não me basta.

Não sei para onde a levaram. Nunca quis saber porque preferi imaginar o catálogo inteiro. Nunca quis me informar, embora nas pastas (C56908, C99812) tudo seja anotado, cada blitz, cada prisioneiro, cada local para onde é levado, cada procedimento, cada conclusão. *É preciso levar isso como um escritório de contabilidade*, diz o coronel Chartier. *Nem um centavo do qual não possamos prestar contas.*

Semanas, meses se passaram. De relatórios passei a cobranças, sempre dentro do mesmo departamento. Em minha primeira tarefa, eu observava. Na segunda, fazia perguntas. Um amigo de meu pai, um botânico *amateur*, dizia que ele não fazia nada além de classificar em seus grandes cadernos o que encontrava por acaso no campo; os quandos, comos e porquês ele deixava para os luminares acadêmicos. Eu, por minha vez, não senti a passagem de vigia a inquisidor como uma consagração. Era outra faceta do mesmo ofício, usar a língua em vez dos olhos. *Assim você descansa um pouco a vista*, brincou o coronel.

A gente se acostuma a tudo (salvo aqui, salvo depois, salvo no nada). A gente se acostuma à visão do outro desesperado, às lágrimas, aos gritos, aos ferimentos deliberados, ao vômito e ao sangue, à imaginação da dor alheia como se a estivessem desenhando com gizes coloridos. As horas passam e depois a gente esquece, ou finge esquecer. É preciso fazer um esforço para não esquecer.

Lembro.

Lá estava, caminhando calmamente pela rua, o sequestrador de seus afetos, o ladrão de sua pele, o invasor de meu território. Lá estava, pobre coitado, sem saber nada de minha existência. Por questões de prestígio, tive de me convencer, e convencer os outros, de que ele não era um trapo miserável, um traste usado, no exército inimigo, e sim o contrário, era um capitão glorioso, um paladino que devíamos abater com todos os nossos recursos e todas as nossas forças. Até lhe permiti, depois do inferno, uma temporada no purgatório, uma vida nova na Europa, para estender meu prazer de sonhar com seu fim. Ninguém teve uma consideração dessas comigo.

E me atrevo a dizer que trabalhei bem. Sem me distrair com sentimentos ou literatura, debrucei-me por inteiro em minhas obrigações. *Noblesse oblige*.

Sou convidado para uma cerimônia oficial no Círculo Militar, já não me lembro em homenagem a quê, uma festa de medalhas e sabres sob os pingentes de Baccarat e as consabidas molduras douradas. O coronel Chartier faz um discurso; outros o seguem. Aplausos. Na sala, várias filas de militares condecorados e suas esposas. Uma mulher enorme e rotunda como uma montanha ocupa uma ou várias cadeiras na primeira fila, seu vestido de cetim azul desfraldado como uma gigantesca vela sobre o ventre, na popa de um escarcéu de uniformes. Depois da cerimônia, o coronel me apresenta a um homenzinho de bigode e sobrancelhas grossas. *General, este é o rapaz de quem lhe falei. É filho do coronel Gorostiza.* O homenzinho me inspeciona dos pés à cabeça e não diz nada.

Alguém deve ter gostado de meus esforços porque o coronel me convoca para ir ao seu escritório num domingo, poucos dias depois da festa. *Você costuma ir à missa? Não? Tudo bem; isso é coisa de maricas. Vou lhe dar uma boa notícia, você merece.* E me anuncia que o General (o último) quer me mandar para a Espanha. *Vassoura nova*, diz o coronel. *Mas são boas mudanças, acredito. Toda essa merda que tentamos limpar aqui está indo para fora, para a casa dos ianques, dos francesotes, da italianada. Mas principalmente dos galegos, veja só que coisa. O General daqui não quer que o Generalíssimo de lá se canse de tanto aluvião, então vamos botar um olho lá para ver o que nossa escória está fazendo na Mãe Pátria. Você vai fazer lá em Madri o mesmo trabalhinho que fazia aqui. Prestar atenção, saber reconhecer, ser discreto, dar o alarme. Você vai ter de afinar o ouvido, porque o que falam lá não é castelhano.* E ri às gargalhadas.

Madri foi ideal para mim, lugar duro e acolhedor ao mesmo tempo, como uma espécie de internato. A atmosfera de medo me convinha. De alguma forma, o trabalho era mais fácil. Meu chefe, na empresa na qual se supunha que eu trabalhava (e onde me fazia passar por um pobre exilado como os outros), era um velho distraído que passava as noites vendo filmes de Sarita Montiel. A verdadeira autoridade era um murciano seco e silencioso do Ministério do Interior, que estivera com o Generalíssimo na África. Só o vi meia dúzia de vezes, e em cada ocasião me disse a mesma coisa. *Tudo está indo bem, muito bem, continue assim.*

A crença banal de que o tempo cura as feridas é um engano: nós nos acostumamos a elas, o que não é a mesma coisa. Assim pude aceitar, eu, um quarentão embaçado, os carinhos da refinada Quita, sem sentir que substituía a outra, a única, a ausente. Eu divertia Quita, excitava sua curiosidade, era seu *cavalheiro*, como me dizia quando estávamos juntos. *Mi Blancanegra*, eu dizia a ela. Se fosse por mim, eu não teria ido ao seu encontro. Foi ela quem me procurou, os óculos brilhantes, a boca sempre esboçando um sorriso, o buço estremecendo de leve sobre o lábio superior. Foi generosa comigo, mais do que deveria, eu, a falsa vítima, o amante mentiroso, o grande impostor.

Há agora uma espécie de fosforescência na bruma, uma escuridão vagamente luminosa, uma luz suja. Continuo avançando. Escuto a voz de Quita, mimada, pedindo que eu fique com ela, que não a deixe. Há algo obsceno, grotesco, nas palavras amorosas de alguém que não amamos. Notamos de repente a baba na comissura dos lábios, uma veiazinha arrebentada no nariz, uma remela nas pestanas que piscam, faceiras. A voz de Quita insiste, e eu avanço, avanço.

Quero que desapareça, ela, sua voz, seu olhar, suas mãos. Mas nessa névoa constante ela persiste, seu gemido se confunde com o uivo das cadelas, seus dentes com os caninos, suas unhas vermelhas com as garras. É contra ele que quero dirigi-la, esta matilha de animais e mulheres. É contra ele que quero açulá-las, todas essas bestas de pelames estranhos, de olhos de fogo. É contra ele que dirijo minhas fúrias, mas isso não me serve de nada. Só consigo avançar sem sentir que avanço. Como se caminhasse num círculo que se fecha cada vez mais estreitamente sobre si mesmo, uma espiral em cujo centro não encontrarei o outro, mas eu mesmo, o homem que fui, esperando que chegue o que eu sou agora.

Avante.

Dos refugiados que passavam pelo Martín Fierro, eram poucos os que nos interessavam. A maioria eram pobres coitados que tinham aceitado a fuga como a aceitam os gatos que alguém espanta de casa a vassouradas. Outros, um dia guerreiros, agora estavam exangues, estéreis, incapazes do menor protesto. Alguns poucos tinham se transformado, ou estavam se transformando, em senhores e senhoras obedientes, arrependidos de sua ética juvenil, dispostos a esquecer tudo. Estes passavam para a coluna de crédito. Mas também havia os do débito. Os que continuavam vociferando. Os que exigiam desagravos, vingança pública, justiça futura. Os que reuniam testemunhos, documentos confessionais, estatísticas privadas. Os que afundavam na lembrança. Os que se atribuíam o papel de anjos consignatários. Estes precisavam ser observados e ter seus nomes lançados no arquivo.

Como toda tarefa oficial, a delação tem sua burocracia. No alto da figueira estão os anônimos, os que tomam as primeiras e últimas decisões, os que não têm vida privada, os artífices da ação pública, os professores de história. Depois os subalternos, os que comunicam as ordens, os que parecem ser importantes, os que têm traços, nome, grau. Abaixo deles, os que executam, os que dão o golpe, os que disparam a bala. Por fim, os inferiores, os que emprestam o ouvido, usam os olhos, anotam, vivem da espionagem e da indiscrição. Estou entre estes últimos. Vejo, escuto e conto. Talvez por isso eu agora não tenha orelhas nem olhos nem voz. Nada existe, a não ser em minha mente. E na sua, você que sonha comigo.

Um dia, no escritório de Blanca, eu o vejo. Eu o reconheço. É seu rosto, seu rosto de traços finos, rosto de galã de telenovela, rosto de anúncio publicitário, rosto sonhador e esperto ao mesmo tempo, rosto que se levanta junto dos livros do Martín Fierro como uma enorme lua de sangue. Lá está, implacável, incrustado em meus olhos como um pedaço de vidro, esse rosto que são mil rostos, todos o mesmo, todos tranquilos e sorridentes, todos o rosto sobre o qual ela se inclinava, solícita, limpando sua orelha ensanguentada. Lá está, naquele dia em que Blanca me recebeu em seu escritório e me indicou com o dedo o homem de pé junto da biblioteca, como uma dessas antigas estátuas leprosas de argila chinesa. Lá estava, à minha espera, como eu o esperava desde aquela tarde. Cumprimentamo-nos com um aperto de mãos. Enquanto me dizia seu nome, eu pensava: *Como fazê-lo sofrer?*

Durante os meses seguintes, nossos caminhos se cruzaram muitas vezes, inevitavelmente. As imagens dele se repetem: no café, na rua, no Martín Fierro, na saída de um teatro, numa noitada com amigos. Nós nos encontramos nas reuniões, nas tertúlias, nos dias de verão na rua, nas tardes de inverno num café, uma palavra aqui, um cumprimento ali, nunca nada que levante suspeitas sobre essa intimidade que compartilhamos secretamente, esse passado comum. Somos rivais ignotos, ele não sabe de nada e eu não sei como esquecer. E enquanto a imagem dela desaparece, a dele se afirma, se multiplica, como num corredor de espelhos nítidos.

Sejamos técnicos. A agulha de um detector de mentiras traça sobre o papel que vai se enrolando sobre si mesmo uma trilha ziguezagueante que parece não se decidir por um rumo: só no momento da verdade absoluta o traço se endireita, se esclarece. Essa linha constante e direta é a mesma que um eletroencefalograma traça quando o paciente morre. Num interrogatório, é preciso vigiar as duas: nunca indicam o mesmo estado. Chegar à verdade sem acabar com a vida é nossa meta, foi minha tarefa. Meus encontros com ele começaram seguindo o traço da agulha caça-mentiras; agora persigo a outra, a reta, a inevitável.

Toda cena é jogada com os verdadeiros protagonistas e com

figuras menores que entram e saem das bambolinas. O impossível Berens, bufão, falso rimador. Certo cubano imundo, ladrão e intelectual, não sei qual é pior. A mulher do cubano, que um dia ameacei para que ele abrisse o bico. O parteiro Camilo Urquieta, que traz ao mundo abortos de tinta. Amigos anônimos. Inimigos indispensáveis. Uma ou outra senhora apaixonada. Pequenos acólitos. Membros do coro. As bacantes.

As mulheres sempre me deram pena. Essa não é uma boa sementeira para a paixão amorosa, que é a que sempre procurei, poeta frustrado. A literatura que um dia tentei escrever me traiu, mas sem dó; melhor assim, menos vergonha. As mulheres, em compensação, me consolaram quando eu queria que morressem por mim, áspide contra o peito. Consolo miserável, como o de um doente que sabe que a amante sentada na beira de sua cama, aquela que umedece ternamente seus lábios ressecados, sairá quando o horário de visitas terminar e se jogará nos braços de outro.

Ele, em compensação, era amado por elas mesmo sem pedir nada. *Por quê?*, eu pergunto. Só a pequena Andrea conseguiu que ele ficasse a seu lado. Tinha que vê-la se exibindo: *Está lá em casa, jantamos juntos, dividimos o banheiro, acordamos na mesma cama.* Andrea, para quem ele era como um exemplar raríssimo de uma obra importante e famosa.

Eu esperava.

Esperar é uma arte. Estuda-se, exercita-se. Eu observava, anotava, informava e previa. Um dia ouvi o murciano dizer: *Gorostiza tem uma paciência africana.* Entendi o que ele quis dizer. Como a Esfinge. Como as pirâmides. Feito de areia.

Então chegamos ao *Elogio de la mentira*. É uma obra miserável. Eu a li, claro. Espantado com tanta adulação imbecil, com raiva diante dos popes da literatura, com a pobre satisfação de saber que meu inimigo fracassara. *Elogio de la mentira* é um livro arrogante, incolor, exangue. Como puderam dizer, várias vezes, que é uma obra-prima? Ouvi os encômios sem dizer nada. Pois quem teria prestado atenção em mim, quem teria escutado minhas críticas, em meio àquele coro de anjos adoradores e obtusos?

O resto é anedótico: as andanças do autor, as peripécias da edição, os alardes do público. Meus protestos de nada teriam valido. O livro, esse livro, existe agora, como um planeta ou um rio existem, indiferente a quem o percorre ou mergulha nele. *Elogio de la mentira* tem seu lugar fora de nosso tempo mesquinho. Batizaram-no de obra imortal. Obra imortal será, apesar de mim. A terra é plana e o sol gira em torno dela.

Mas ele não. Ele precisava se dilacerar, arder como um monte de lixo, dissolver-se num esgoto. Eu tinha com quê. Acumulara uma pasta fértil sobre sua pessoa. Agora bastava confrontá-lo. Mera formalidade. O murciano, avisado de suas barbaridades passadas, ainda que tivessem sido fabricadas, daria seu visto de aprovação. Que momento melhor que o dia de sua coroação artística? Recebi o convite para o lançamento com as palavrinhas bajuladoras escritas pelo próprio punho de Urquieta. Fui cedo.

O arquivo que tínhamos sobre a Antonio Machado é denso. Livros proibidos. Revistas censuradas. Autores indiscretos. Leitores que não se envergonham nem da política nem da pornografia. Escamoteações com a alfândega, com a guarda civil, com a Igreja. Idas e vindas de indesejáveis. Conversas e até leituras inaceitáveis. Toda a intelectualidade arrogante que se diz iluminada, presente. Todos esses dos quais ela se rodeava iam lá. Era preciso fazer alguma coisa.

Um dia o murciano me avisa para que vá ver os resultados. Chego de manhã bem cedo. A fachada da livraria carbonizada, a vitrine despedaçada. Folhas negras revoluteiam no ar e vários curiosos aparecem para ver as letras sobreviventes. Dentro do local, pouco estrago. As pilhas continuam sobre as mesas, os volumes alinhados nas estantes, tudo coberto por uma sutil cinza escura. *Também não é para tanto*, penso, ao ver uma mulher chorando de pé junto à porta. *Quem são os animais que fizeram isso?*, pergunta um homem de camisa branca. *São os Guerrilheiros de Cristo Rei*, penso sem dizer nada, *eles também uns filhos da puta pretensiosos, bibliotecários de Deus*. Gostaria de ter dito a eles que com gestos assim não se consegue nada, idiotas. Como se alguém ligasse para o entusiasmo de alguns jovens por livrinhos de poesia. Vejo uma capa chamuscada e tento me lembrar de uns versos que pensava ter esquecido. Não consigo. Vou até a mulher e pergunto se posso ajudá-la. Como ela não diz nada, começo a recolher alguns livros que a explosão espalhou pelo chão. Ponho um no bolso. De lembrança.

Estava almoçando com Quita uma tarde, quando ela me diz que no dia seguinte iríamos a um lançamento. Imagino do que se trata. Ela dá o nome do livro. O nome do autor. Olho para ela enquanto sua boca tritura a carne, o buço reluzente de óleo. Não suporto vê-la comer. Parte o pão com as mãos, põe um naco na boca, diz o nome dele de novo e é como se, com o pão, engolisse um escarro. Depois pega a maçã e dá uma mordida, e sai uma mistura de espuma e baba pelas comissuras de seus lábios. Mastiga a fruta com fervor e fala do encontro do dia seguinte, e ao abrir a boca deixa ver uma grande bolha branca flutuando sobre a língua cor de minhoca. Fala e come, come e fala. Quita, que tinha horror ao silêncio, agora desaparece na névoa.

Na névoa, elevam-se como colunas os dois que interessam, entrelaçados um ao outro, ela e ele. Aparecem e se ampliam diante de meus olhos, diante do que seriam meus olhos se eu pudesse ver. Ele com seu cortejo perdido de mulheres, ele que esteve com ela, ele escolhido por ela. Ficam ali, eretos, unidos, dois em um. Porque mesmo quando ela não está mais ali, continua com ele. Não consigo desatá-los.

Avante.

A cerimônia para apresentá-lo, para apresentar seu livro. Os imbecis falam com ele, os homens o admiram, as mulheres o desejam e o protegem. Ele, como um rei, mudo. Para que falar quando o mundo o celebra? Quase sem surpresa, vejo entre o público meu cubano e sua mulher, a do chapéu constante, a que devia estar morta. Se conseguisse encurralar os três juntos, que cerimônia eu prepararia, que apresentação eu faria, que fogueira para o diabo e para Cristo Rei.

Ele na frente. Ele, ainda sem abrir a boca. Ele, subitamente apavorado. Ele correndo para a rua. Todos perplexos, atônitos, insultados. Decido segui-lo. Chega à frente de uma porta. Entra. Vejo uma luz se acender. Espero. Chegam o cubano e a mulher do chapéu. Chega Quita, ruborizada, intrometida. Sai a boba da Quita, chorando, coitada. Então resolvo entrar. Toco a campainha. Ele atende. Entro no vestíbulo. Discutimos. Tento abrir a porta atrás dele e ele tenta me impedir. Vejo o cubano nojento. *Oi, Chancho*, digo a ele, e coloco minha bolsa numa cadeira, como se isso fosse uma volta para casa, um retorno esperado a um lugar que é meu. *Olá, senhora*, cumprimento a ressuscitada, sua companheira esquálida.

O cubano me olha. Não consigo decifrar seu olhar. A mulher me fita com um trejeito, entre desdenhosa e faceira. *Já estávamos de saída*, diz.

Fiquem, respondo. Ou ordeno: tanto faz. E conto que já ia perguntar ao outro como estavam pensando em dividir a grana escondida na Suíça. Para que saibam que sei. Para que se assustem mais. Para que ele, minha presa, estremeça.

Mas ele se faz de desentendido, diz que não sabe do que

estou falando. Sugiro que peça explicações a seu amigo gordo. Na verdade, pouco me importa se ele sabe ou não. Não é essa a culpa que me interessa.

Então sinto um sufoco. Falta-me o ar. Vou até as janelas da sacada e abro-as de par em par. Ele tenta fechá-las. Eu o intercepto. Ele insiste. Nesse meio-tempo, o cubano e sua perua se despedem, apavorados com certeza. Antes de sair, dizem que o livro dele é muito bom. Mentem até em suas últimas palavras. Que importa? Ele nem olha para eles. Olha para mim.

Do fundo da bruma, surgem dois braços, magros, peludos. Os braços me envolvem, estendem-se e me prendem. Os braços se incrustam em meu corpo. Pequenas raízes brotam das mãos e grudam em minha pele, afundando tentáculos ínfimos, brocando a carne até os ossos. Os braços me envolvem e tenho a impressão de sumir sob seus galhos.

Eu quero abrir as janelas. Ele quer fechá-las. Forcejamos. Uma luz se acende numa das casas da frente. Então reúno minhas forças e me livro de seu abraço, e o sinto oscilar sobre o gradil baixo da sacada. Um vazio no ar, uma queda que simula um salto, e o choque horrível de um corpo que se estatela nas pedras da calçada. Por um momento não sei se foi ele ou se fui eu quem caiu.

Fecho as janelas, apanho a bolsa, vou até a escada, corro. Na escuridão da rua continuo correndo, quase sem conseguir respirar. No alto, diante das luzes do teatro, paro, exaltado. *Agora, sim*, digo para mim, *isso é o fim*. Ele não está mais aqui, ela também não, só eu estou aqui de pé, livre depois desse tempo todo, disposto a começar de novo, a velha pele descartada, em branco, imaculada, página um, era uma vez. Porque agora eu não cruzarei mais com ele, digo a mim mesmo, pois ele partiu para sempre. Agora é inalcançável, num lugar além do horizonte que não diviso e que se afasta à medida que avanço.

Em Madri, a umidade embaça tudo, exalando uma espécie de vapor das pedras. De noite, à luz dos postes, o ar se torna oxidado, leproso. Caminhei pela névoa úmida até minha casa sem distinguir árvores de homens. Cheguei à porta, subi, sentei-me à mesa. Antes que amanhecesse, quando tudo seria diferente, eu precisava dormir.

Servi-me um copo grande do xerez de Urquieta. E depois outro. E mais outro. Acabei a garrafa e comecei outra. Urquieta tivera a gentileza de abri-las antes do evento, para que o público se servisse à vontade. Mas não houve evento. A estrela fugira. Que vergonha ela deve ter sentido ao ver seu paladino fugindo, pusilânime. Que arrependimento, que aflição. Agora o artista era eu, herói vitorioso, único galã. Senti o que devem sentir os grandes atores quando a cortina desce depois de uma representação prodigiosa. Um esgotamento rejuvenescedor, uma exaltação esmagadora. Um nó na garganta.

Um ardor. Um sufoco. Algo se dilacera no fundo de minha boca, rasga as veias, arrebenta a carne. Tudo é fogo, tudo é fumaça. Preciso de água, de ar. Agora são minhas vísceras que explodem em chamas. Sob minhas unhas os dedos ficam incandescentes, vermelhos, pretos. Os pulmões se debatem como grandes aves degoladas, as asas escamosas dando lategaços para sobreviver. Nada consegue enchê-los, nada senão um sangue quente como lava. Quero que essa invasão acabe, esse ardor; tem que acabar, uma dor assim não pode continuar, um animal me devorando por dentro, sufocando-me com areia, barro, sangue.

Impossível gritar, impossível dar voz a essa agonia exagerada. Tanta dor não pode ser nesta carne que se mói, nesta cabeça que se quebra, nestes membros que desmoronam e viram brasa. Sinto que meu rosto cai em pedaços arrancados, pele viva que se esfolia, órgãos que tombam a meus pés. Desfaço-me e a dor permanece. Desapareço num vendaval de cinzas ardentes.

E, de repente, não há mais dor. Não há corpo. Não há nada, a não ser em minha lembrança.

Quero que meu sonhador acorde. Que isto acabe.

Não vejo nada.

Não ouço nada.

Não sinto

5. Fragmentos

Se Deus me oferecesse em Sua mão direita toda a verdade,
e em Sua mão esquerda apenas a busca da verdade,
determinando que eu sempre me enganaria nessa busca,
e me dissesse escolha!, *humildemente eu seguraria*
Sua mão esquerda e lhe diria: Pai, dá-me esta!
A verdade absoluta pertence unicamente a Ti.

Gotthold Ephraim Lessing, Wolfenbüttler Fragmente

A história termina aqui. O verdadeiro leitor não precisa continuar lendo. Isso é tudo. O que importa já foi dito. Saber quem matou quem, como, por quê, são assuntos que só interessam ao burocrata ou ao delegado de polícia, e eles não lerão estas páginas. O personagem que cheguei a conhecer por *interposita persona* é quase inexistente; transita de hipótese em hipótese conforme sua figura concorde com determinados dados e conjecturas. Vai mudando de aspecto como uma dessas estátuas de jardim que se transformam imperceptivelmente ao longo do dia, conforme as mudanças da luz. Isso, como verdade, é inaceitável. Nem mesmo é jornalismo.

E embora minha vocação seja modesta, nem por isso merece que eu lhe seja infiel. Nem todos esses diversos Bevilacquas são os que o jornalista persegue. Nem todas as facetas de uma realidade lhe interessam. Só uma, se for sincero, ou talvez nenhuma. Por isso escreve. Para dá-la a conhecer de um ponto de vista particular, privado. Agora penso que foi esse desejo que fez com que eu me tornasse jornalista. Ver meu nome ao pé de uma coluna impressa. Declarar-me responsável. Dizer o que sinto, qual é minha opinião. Dar minha visão de mundo me contenta secretamente.

Talvez essa seja a definição de jornalista, não a falsa objetividade que se supõe que temos. Meu avô, que escapou da guerra, dizia para eu procurar sempre o lado oculto das pedras, onde o sólido vira terra e musgo e bichos. Meu avô era espanhol, de um povoado litorâneo que nunca visitarei e que se chama Sant Feliu de Guíxols. Meu pai nos proibia de fazer perguntas a meu avô sobre aqueles anos, mas nós, minha irmã e eu, sussurrávamos em seu ouvido: "Vovô, você matou alguém na guerra?". Ou: "Vovô, é verdade que você comia ratos para não morrer de fome?". E ele sorria e dizia sim para tudo. Depois da morte de minha avó, meu pai o levou para nossa casa porque ele tinha tentado se matar duas vezes. Nunca o deixávamos sozinho.

Apesar de estar com ele o tempo todo, não sabíamos quase nada de sua vida. Só alguns anos atrás, por acaso, graças a um velho professor do liceu Victor Hugo, eu soube como ele acabou vindo para Poitiers. Ao ouvir meu nome, o professor me disse que conhecera um Terradillos nos anos do exílio espanhol, em 1939, quando ambos deviam ter uns dezoito anos. Assim eu soube que meu avô trabalhara como pedreiro em Barcelona e que se ligara, não sei sob que circunstâncias, a um grupo de nacionalistas. No entanto, não acredito que meu avô tivesse verdadeiras convicções políticas. Imagino que fosse atraído pelas vozes fortes, pelo dogma fácil, por uma certa fé supersticiosa que o acompanhou quase até o fim da vida e o levava a fazer o sinal da cruz toda vez que passava diante de uma igreja.

Quando se soube que os nacionalistas estavam para entrar na cidade, meu avô e seus amigos saíram de seus esconderijos e os esperaram como paladinos no Hospital Clínico, onde milagrosamente tinham conseguido carne, linguiça e vinho. Já fazia semanas que só comiam arroz. Meu avô se embebedou até perder a consciência.

De manhã, acordou quase nu no jardim atrás do hospital. Uma longa procissão se deslocava silenciosamente a pé e em carroças, algumas puxadas por mulas, outras por homens. Primeiro, atordoado como estava, chegou ao absurdo de pensar que eram os nacionalistas que estavam chegando. Logo depois, soube que eram republicanos e estavam fugindo para a fronteira. Teve medo de ser reconhecido e, para se esconder, enrolou-se num cobertor e se uniu a eles. O trecho entre Barcelona e a fronteira francesa não é longo; para meu avô deve ter parecido interminável.

Quando, por fim, viram os soldados franceses vindo a seu encontro, os que tinham conservado suas armas jogaram-nas no chão. Os franceses começaram a ferver leite em grandes vasilhas e, à medida que os espanhóis passavam, a cada um davam uma caneca fumegante e um pedaço de pão. Os homens foram separados das mulheres e das crianças, e enviados a campos de detenção diferentes. Meu avô obedeceu.

Nessa noite começou a tossir e a sufocar. Um enfermeiro francês reconheceu os sintomas da pneumonia e perguntou seu nome. Meu avô falou e, com uma insistência inconfundivelmente suspeita, disse ter pertencido a uma das brigadas internacionais que, antes de sua dissolução no outono de 38 (explicou-me o professor), eram comandadas quase exclusivamente por espanhóis. O enfermeiro, que não era mais velho que meu avô, anotou sem pestanejar a informação no documento oficial. Semanas depois, com sua nova identidade de republicano refugiado, meu avô foi tirado do campo da fronteira e enviado a um centro perto de Poitiers. Lá conheceu minha avó, que trabalhava numa das granjas limítrofes. Meu pai nasceu três anos depois.

A família de minha avó e a do professor eram vizinhas, e a história do recém-chegado foi compartilhada e silenciada. Poitiers tem uma longa tradição de histórias secretas, sem dúvida desde aquela manhã em que Charles Martel derrotou o exército mouro e dúzias de homens cansados lançaram raízes morenas na zona hoje povoada de Moreau e de Morisette.

Não sei se tais situações justificam quem somos. Não sei se é culpa da história de meu avô essa minha curiosidade pelo duvidoso, pelo indefinível, pelo ambíguo de certas personalidades. O certo é que eu ia escrever a história de Alejandro Bevilacqua como um ser heteróclito cujas múltiplas partes se transformariam, por intermédio de minha leitura, nesse único Bevilacqua, coerente e meu.

Quando tive a ideia de escrever sobre seu caso, imaginei um longo ensaio multifacetado e bem documentado, uma biografia que tivesse toques de romance para o leitor sensível e apartes ensaísticos para o mais erudito. Minha intenção era compor um retrato anedótico daquele homem misterioso que remontaria a suas origens em La Rochelle em fins do século XIX e detalharia a saga da família Guitton, da menina Mariette, da penosa viagem da Europa para a América do Sul, do encontro com os Bevilacqua provincianos, para terminar, centenas de páginas depois, com a publicação da obra-prima e a morte do falso autor.

Mas isso foi antes. Agora que conheço (ou creio conhecer) a história de Alejandro Bevilacqua, sei que não vou escrevê-la.

Em parte porque não existe como história, como essa que os leitores do *Elogio de la mentira* esperam, prólogo ou coda ao livro-fantasma, biografia desse espectro quase anônimo que hoje usurpa o papel de autor nas bibliotecas de nosso mundo. Em parte, também, porque tenho medo de não conseguir contá-la de forma adequada, por falta de arte e de inteligência. Em parte, por fim, porque, mesmo que conseguisse, não saberia qual das versões que me chegaram, incluída a combinação de todas, é a verdadeira.

É esse paradoxo que me aflige. Um jornalista sincero (se é que existe tal coisa) sabe que não pode contar toda a verdade: no máximo uma aparência de verdade, narrada de tal forma que pareça verossímil. Para conseguir isso, uma biografia deve dar a impressão de ser incompleta, parar antes de chegar à última página, negar-se à conclusão. Mas, embora na vida real aceitemos que nossas impressões sejam desconfortavelmente vagas e divergentes, num livro jornalístico, e acima de tudo num livro que pretende retratar um homem de carne e osso, um estilo tão tímido seria inaceitável.

Qualquer estudante (ao menos qualquer estudante do liceu Victor Hugo) sabe que a teoria geral da relatividade explica as maiores coisas do universo, ali onde a matéria curva o espaço e o tempo. A teoria dos quanta explica o muito pequeno, onde matéria e energia se dividem em pedaços ínfimos. Em suas diferentes áreas, ambas as teorias são imensamente úteis. Mas se tentamos utilizá-las juntas, as duas se mostram absolutamente incompatíveis. Carecemos de uma teoria única que explique o mundo em sua totalidade. Então, como eu poderia propor uma que explicasse inteiramente esse pedacinho de mundo que foi Alejandro Bevilacqua?

Mas minhas razões não são apenas literárias e científicas. Há outra razão, mais íntima, mais profunda. Explico-me.

Desde sempre gostei de brinquedos, principalmente de brinquedos antigos. As construções de madeira, com seus cubos, arcos e colunas pintadas de um vermelho e de um verde apagados; os animais de chumbo, cujo peso anima a mão a colocá-los em fila indiana sobre o tapete; o nobre jogo da glória, com suas peripécias explícitas e perigos; o fantástico joão-bobo, que parece desafiar a lei da gravidade; os caleidoscópios, que tentam dar coerência a uma cosmogonia luminosa e fragmentária. Meu avô costumava encontrar para mim, em lojas hoje desaparecidas, esses objetos raros, aos quais eu tinha grande apego, que os aposentados da antiga serraria fabricavam em suas longas tardes; nunca procurou me tentar com brinquedos mais vistosos.

Um brinquedo, em especial, sempre me fascinou, uma espécie de quebra-cabeça chamado Tangrama. Vinha numa caixa pequena, quadrada, e sua tampa mostrava uma paisagem que se pretendia chinesa. O jogo consistia numa série de pedaços geométricos de baquelita negra, que era preciso dispor sobre um papel quadriculado onde zonas sombreadas representavam diversas figuras: um mandarim, um coelho, uma torre, uma dama com sombrinha. Parecia fácil, mas não era. Era preciso cobrir completamente a forma delineada com os pedaços pretos. Poucas vezes eu conseguia fazê-los coincidir perfeitamente. Quase sempre faltava ou sobrava algum pedaço.

O caso de Bevilacqua foi uma dessas ocasiões fracassadas. Tenho a silhueta do homem perfeitamente sombreada em minha imaginação, mas para cobri-la me faltam ou sobram dados. Por mais que eu reorganize os testemunhos, por mais que tente recortá-los ou virá-los, tem sempre um que não combina com os outros, que excede ou não consegue cobrir o que se chamaria de versão justa.

Essa não é, claro, a primeira vez que falho numa pesquisa desse tipo. E em tais ocasiões um jornalista digno deve saber se retirar honrosamente. Não há vergonha em tais fracassos. Não me custa nada admitir isto: o retrato fidedigno de Alejandro Bevilacqua espera mãos mais hábeis que as minhas.

No entanto, se tivesse que defender meu caso, ou justificar meu empenho em retratar uma figura como a dele, tão misteriosa e tão sombria, eu diria que, fantasmagórico como foi, Bevilacqua encarna, para mim, certa qualidade espantosamente humana. Nem um pouco heroico, nem intrépido, nem sequer apaixonado, mas algo menos grandiloquente, mais comum. Uma qualidade que jaz entre o equívoco e o desejo, entre o que dizemos por engano e o que tentamos dizer falsamente. Não a mentira, que demanda deliberação e arte, e ao mesmo tempo um reconhecimento da verdade para então poder traí-la. Trata-se de algo mais grave, mais trágico e mais sutil, mais essencial. Essa qualidade a que me refiro é aquela que, em algumas tardes quentes, faz com que o asfalto nos pareça água, faz com que pousemos a mão no ombro de uma mulher cujas costas nos lembram a de uma amiga perdida, que subamos para um apartamento que pensamos ser o nosso e batamos a uma porta atrás da qual algum desconhecido está prestes a fazer um gesto irremediável.

Eu disse que procuro, ou procurava, uma versão singular, justa. Essa versão, no caso de Bevilacqua, talvez tenha sido revelada, sem querer, por uma das várias testemunhas de sua vida que confiaram em mim. Mas para reconhecê-la, precisaria ser (eu seu confessor, eu o jornalista) capaz de identificá-la, saber de antemão quais são suas qualidades, como um cego intuindo os matizes de certa cor, ou um surdo as tonalidades de certa música. Quer dizer: teria de saber quem foi Bevilacqua antes de saber se o retrato que me oferecem é, sim ou não, autêntico.

Irei mais longe. Não sei se o próprio Bevilacqua teria reconhecido, nesse catálogo de versões biográficas, a sua, a verdadeira. Como saber, entre tanta figura que nos aparece nos espelhos, qual nos representa cabalmente e qual nos trai? De nosso ínfimo ponto no mundo, como observar a nós mesmos sem falsas imaginações? Como distinguir a realidade do desejo?

Durante minha infância em Poitiers, certo dia fui testemunha de um fato que ilustra misteriosamente, ao menos para mim, esse dilema. Vivíamos, meus pais, minha irmã, meu avô e eu, perto do Parque Blossac, numa das residências construídas ali nos anos 1960, ao pé da Tour-à-l'Oiseau; minha escola ficava perto dali, antes de chegar à Pont Saint-Cyprien, sobre o rio Clain. Para ir de casa até a escola, boa parte do caminho margeava margeava um braço de rio estreito. Meu avô, que apesar de sua idade avançada às vezes me acompanhava, nessa manhã ia caminhando na minha frente. As chuvas de primavera tinham aumentado o caudal, que ameaçava invadir os refúgios de dúzias de gatos esquálidos. De repente, ao chegar ao local da antiga serraria, vi meu avô dar de ombros levemente, dar um salto e pular na água. Não consegui gritar nem me mexer. As vozes dos ribeirinhos alertaram um guarda que vivia na área. Lembro perfeitamente dele. Era um homem alto, magro, de movimentos lentos, sempre vestido com um uniforme impecavelmente cuidado. Aproximou-se da margem, sacou sua pistola do coldre, apontou para o suicida e gritou: "Saia daí ou eu atiro!". Meu avô obedeceu e voltamos para casa, ele ensopado, eu apavorado, nós dois em silêncio. Bevilacqua também, acho, teria obedecido.

Decidi não escrever o retrato de Bevilacqua. Amante, herói, amigo, vítima, traidor, autor apócrifo, suicida acidental e tantas outras coisas mais: são muitas para um único homem. Conheço muito bem minhas limitações. E simultaneamente, no próprio fato de me conformar a não escrever, sinto que meu personagem adquire vida, sinto que é Bevilacqua quem se afirma. Com meu gesto de renúncia, é Alejandro Bevilacqua quem adquire corpo, voz, presença. Sou eu, seu leitor, seu esperançoso cronista, eu, Jean-Luc Terradillos, quem desaparece.

Agradecimentos: a Vanessa Cañete, Javier Cercas, Valeria Ciompi, Marusha e Tony Díaz, Silvia Di Segni, Graeme Gibson, Maite Gallego, Felicidad Orquín, Enrique López Sánchez, Willie Schavelzon, Gudrun Schöne-Tamisier, Zoe Valdés.

ESTA OBRA FOI COMPOSTA EM ELECTRA PELO ESTÚDIO O.L.M. E IMPRESSA
EM OFSETE PELA RR DONNELLEY SOBRE PAPEL PÓLEN BOLD DA SUZANO
PAPEL E CELULOSE PARA A EDITORA SCHWARCZ EM OUTUBRO DE 2010